Alois Brandstetter
Nachspielzeit

Alois Brandstetter

Nachspielzeit

Residenz Verlag

Der Verlag dankt für die Unterstützung

mit Unterstützung von
Kultur oberösterreich

LAND SALZBURG
Kultur

Bibliografische Information der Deutschen Nationalbibliothek
Die Deutsche Nationalbibliothek verzeichnet diese Publikation in der Deutschen Nationalbibliografie; detaillierte bibliografische Daten sind im Internet über http://dnb.d-nb.de abrufbar.

www.residenzverlag.com

Umschlaggestaltung: BoutiqueBrutal.com
Typografische Gestaltung, Satz: Ekke Wolf, typic.at
Lektorat: Jessica Beer
Gesamtherstellung: GGP Media GmbH, Pößneck

ISBN 978 3 7017 1778 1

FSC www.fsc.org MIX Papier | Fördert gute Waldnutzung FSC® C014496

König Autocars Glück und Ende
H. C. Artmann

Auf einem meiner, durch die Pandemie bedingt einsamen, Gesundheitsspaziergänge am Abend durch das Wohngebiet vor meiner Haustür sah ich neulich ein merkwürdiges Auto, eine Art Lieferwagen mit einer kurzen Ladefläche hinter dem Führerhaus, wie ihn oft Jäger zum Abtransport erlegter (oder auch auf der Landstraße überfahrener) Rehe oder Hasen haben, oder auch Tierärzte, die in unwegsamem Gelände zwischen Einschichthöfen unterwegs sein müssen, ein Auto, ein sogenannter *Pickup*, mit einer denkwürdigen Aufschrift in Großbuchstaben auf dem Seitenblech. Nicht *Mercedes* oder *Toyota*, *Fiat* oder *Ford*. Ich las das mir unbekannte Signet, das Logo, und staunte – und vergaß es doch wieder, schon im Weitergehen. Es ließ mich mein altersbedingt schlechtes Gedächtnis wieder einmal im Stich. Es spielte mir wieder einmal einen Streich. Und zudem quälte es mich die halbe Nacht mit Erinnerungsversuchen und vergeblichen Anläufen. Man erwirbt im Laufe der Zeit, also im Alter, ja einige mnemotechnische Tricks, um einem vergessenen Wort auf die Spur zu kommen, etwa phonetische, also lautliche Anklänge, onomasiologische (wörtliche) oder semasiologische (sachliche) Affinitäten und Nachbarschaften als »Eselsbrücken«. Ein

Universalhelfer in sprachlicher oder sachlicher Not ist natürlich heute das allwissende Internet. Nachdem ich mich spät, aber doch mit ihm angefreundet hatte, verräumte oder verbannte ich Meyers Enzyklopädisches Lexikon, für das ich dereinst selbst zwei Artikel über österreichische Literatur beigesteuert hatte, in den Keller …

Wie die *Mnemotechnik* funktionieren, gelingen, oder auch fallieren, misslingen, kann, hat Georg Christoph Lichtenberg in seinem bekannten Aphorismus einprägsam vorgeführt: »Er las immer *Agamemnon* statt *angenommen*, so sehr hatte er den Homer gelesen.« … Sigmund Freud hat in seiner »Psychopathologie des Alltagslebens« gezeigt, was hinter und unter all den Versprechern, dem Vergessen, dem Vergreifen und ähnlichen Fehlleistungen an verborgenen Regungen steckt oder stecken kann … Habe ich Rubikon *verdrängt*? Beim Nachdenken und Grübeln über jenes Auto kam mir der griechische Buchstabe *Omikron* in den Sinn – und in die Quere. Aber das Auto war sicher nicht nach dem grassierenden Virus benannt! Auch nicht nach dem altgriechischen Buchstaben *Omega* …

Nach zwei Anläufen, Altgriechisch zu lernen, dem ersten 1949 am Kollegium Petrinum in Urfahr, dem zweiten 1968 an der Universität des Saarlandes als Voraussetzung für die Habilitation, wusste ich immerhin, dass *Omikron* das kleine oder kurze O bezeichnet, weil *mikros* »klein«, sozusagen »mickrig«, bedeutet, und *Omega* das lange O (*mega* = »groß«). *Mega* ist heute wohl in vieler Munde, vor allem in der Jugendsprache omnipräsent: *megageil*, *megacool* … eins der Aufregerwörter für die Sprach- und Zeitgeistkritiker! Mit dem Namen der Covid-19-Variante *Omikron* (die der Variante *Delta* nachfolgte) war ich freilich wie ein *Geisterfahrer* – oder wie man in Deutschland sagt: *Falschfahrer* – auf der verkehrten Spur unterwegs … Und dann gab es noch eine Automarke *Alfa Romeo. Romeo* ist eigentlich der Nachname von *Nicola Romeo*, eines in die Turiner Erzeugerfirma Fiat eingestiegenen Ingenieurs und Unternehmers, der sich mir kognitiv und »memorabiliter« in den Weg stellte … Umso kurioser ist es, dass man sich auch des Namens *Giulia* bemächtigt hat. Wer A sagt, muss auch B sagen. Wer *Romeo* sagt, muss also auch *Julia* sagen … Erst bei nachträglichem gründlichen Recherchieren sah ich, dass es *Alfa* und nicht *Alpha* heißt, weil der Name eine Zusammenstellung von Anfangsbuchstaben ist (*Anonima Lombarda Fabbrica Automobili*), also ein italienisches Akronym, ähnlich wie im Deutschen BMW (Bayrische Motorenwerke) oder VW (Volkswagen) oder DKW (Dampfkraftwagen) …

Nach einer unruhigen Nacht beschloss ich, der Frühaufsteher, der Qual ein Ende zu bereiten und nachzusehen, und so ging ich noch im Morgengrauen den Weg durch die Siedlung zu jenem Auto mit dem mysteriösen Logo zurück. Zum Glück parkte es noch auf demselben Fleck. Und so las ich, verblüfft wie am Vortag: RUBICON! Verblüfft und überfordert war ich aber auch, als ich, zurückgekehrt an meinen Schreibtisch, die Beschreibung dieses Fahrzeugs googelte und Folgendes las: »RUBICON Jeep Wrangler Diesel: Kampfansage mit 470 PS – ab 74 000 Dollar: Im nach außen hin so nüchtern auftretenden Auto-Business kochen die Emotionen hinter den Kulissen schon gerne einmal hoch. Ganz besonders dann, wenn plötzlich ein neuer Spieler die Bühne betritt, der dem alteingesessenen Darsteller ans Leder möchte. Die Rede ist vom neuen *Ford Bronco*, dessen Entwicklerkonzept und Philosophie bei *Jeep* den einen oder anderen auf die Palme brachten.« Und unter »Tuning ab Werk für den Wrangler« lese ich, um Verständnis ringend: »Man muss verstehen, warum am 13. Juli 2020, just zur offiziellen Premiere des neuen Ford BRONCO, bei Fiat-Chrysler ein offensichtlich bereits nahezu fertig entwickeltes Fahrzeug als Konzept der Öffentlichkeit präsentiert wurde. Schon beim Cherokee Trackhawk und beim RAM 1500 hatte sich gezeigt, dass man das lukrative Geschäft mit den Kraftprotz-Motoren nicht mehr nur den Tunern überlassen wollte …«

Ein Auto *Ram* zu nennen, liegt gewissermaßen nahe, weil der Name »Widder«, »Schafbock« bedeutet und die Fahrzeugerzeuger für ihre Produkte ganz allgemein Namen von wilden männlichen, aggressiven und dem Menschen gefährlichen Tieren lieben: Jaguar, Leopard, Büffel oder Bullen, Puma, Panther, Mustang, Tiger oder Löwen, Adler oder Falken. Im Deutschen erinnert *Ram* aber an *Rammler*, das männliche sexuell hyperaktive Kaninchen, was den Werbern vielleicht nicht bewusst war … Das oben erwähnte *Bronco* ist in den USA ein Synonym für *Mustang*. Seine Bedeutung ist im Wörterbuch mit »halbwildes Pferd« angegeben … Die Bezeichnungen von Raubkatzen eignen sich besonders gut für Automarken. Es gibt aber auch »Amphibienfahrzeuge«, benannt nach »Landwirbeltieren«, die sich nur im Wasser fortpflanzen können! Und so wie es Autos gibt, die schwimmen oder doch durch seichte Furten fahren können, wie sie vor allem das Militär benützt, gibt es auch Boote, die fliegen können, die sogenannten *Luftkissenboote*, die ohne Wasserberührung auf einem Luftpolster über die Wasseroberfläche fliegen und vor allem im Ärmelkanal »unterwegs« oder »überwasser« sind. U-Boote schließlich sind eigentlich »Autos«, »Autobusse« oder Panzer, die tauchen können … Der Phantasie sind keine Grenzen gesetzt, der »Kunst« schon gar nicht, wie die Fernsehserie »Knight Rider« mit David Hasselhoff und seinem Auto *Kitt* »bewiesen« hat, das immer wieder abhebt und sich über Hindernisse und die Schwerkraft hinwegsetzt, das entgegenkommende oder querende Kolonnen überspringt und vieles mehr. *Flitzer* hingegen lautet einer der sprechenden Ausdrücke für rasante Autos, die schnell wie der Blitz sind. Hört man die vielen I-Laute in Ausdrücken für schnelle Fahrzeuge, möchte man der alten onomatopoetischen Ansicht der Steinzeitlinguisten recht geben, dass das I im Deutschen auf Spitzes und Giftiges und Flinkes hinweist, während O und U auf Klobiges und Rundliches und Behäbiges und Gemächliches deuten. Eine Ansicht, für die sich so viele Beispiele wie Gegenbeispiele anführen lassen. Das amerikanisch-englische Komikerpaar Stan Laurel und Oliver Hardy ist ein einprägsames Gegenbeispiel: *Doof* ist der Schmächtige und *Dick* der Mächtige …

Blitzer werden auch jene Radargeräte und Radarfallen genannt, die der Polizei automatisch und selbsttätig Raser und Geschwindigkeitssünder melden, ohne dass sie selbst tätig werden müsste. Das Strafmandat, der RSa-Brief, der blaue Schein, kommt dann per gelber Post… Auch in der nach meinem Doktorvater, dem Kärntner Dialektologen Eberhard Kranzmayer, benannten Straße in meiner Nähe steht am Straßenrand ein solch denunziatorisches Gerät, ein solcher »Feuermelder«. Wenn der Kasten auch nicht immer »geladen« und mit dem Kernstück, der eigentlichen Messuhr hinter dem Fenster, versehen und bestückt ist, so erwischt er doch genügend »Delinquenten«, die mit mehr als 30 Stundenkilometern unterwegs sind. Die Polizei sieht es wahrscheinlich nicht gern, dass im Radio bekannt gegeben wird, wo aktuell geblitzt wird. Oder ist sie wirklich »dein Freund und Helfer«?

Eben gerade heute, am 26. April 2022, ist der Aufmacher der Kleinen Zeitung »Radar falsch eingestellt: Über 1000 Lenker wurden geblitzt«. Diese Meldung interessiert mich nicht nur als Autofahrer, sondern auch oder noch mehr als Philologen! Ich habe einmal bei einer Duden-Tagung in Mannheim einen Vortrag über die ursprünglich unpersönlich verwendeten Wetter-Verben *regnen*, *schneien*, *blitzen* und *donnern* gehalten, die neuerdings gern auch »persönlich« und metaphorisch gebraucht werden, was bedeutet, dass sie auch im Passiv verwendbar sind. Mein Schulbeispiel war eine Zeitungsmeldung der Kärntner Touristiker über die Beschneiungsanlagen: *Bad Kleinkirchheim schneit, Simonhöhe schneit noch nicht. Über*

1000 Lenker wurden geblitzt wäre natürlich ein noch schöneres Beispiel gewesen, weil es auch die Möglichkeit der Wendung ins Passiv zeigt: Das Radar *blitzt* oder die Polizei lässt das Radar blitzen und die Autofahrer, die Schnellfahrer, *werden geblitzt*. Hier bieten sich natürlich zwanglos schöne Ausflüge in die Geistesgeschichte an, vom Blitze schleudernden Sonnengott zu »Jupiter tonans«, zum Apostel Petrus, dem im Volksglauben für das Meteorologische Zuständigen, bis zur Frau Holle …

Noch eine weitere Disziplinierungsmaßnahme für Autofahrer haben sich die Verkehrsplaner einfallen lassen. Sie hört auf den an sich schon verdächtigen Namen *Schikane*. Das sind »überflüssige« Ausbuchtungen oder auch Verengungen der Fahrbahn, aber auch gewissermaßen Sprungschanzen, also Bodenerhebungen in der sonst planen Straße, die keinen anderen Zweck haben, als den Autofahrer und Temposünder aufzurütteln und ihn unmissverständlich an Geschwindigkeitsbeschränkungen und an seine Pflichten zu erinnern. Die Engländer sprechen von *speed bump*, von der *Rüttelschwelle* oder *Schikane* die Deutschen. Das Fremdwörterbuch definiert *Schikane* als »böswillig bereitete Schwierigkeit«. Die *Routine* kann also nicht nur beim Autofahren zur Gefahr werden … Das aus dem Französischen *route*, »Weg«, abgeleitete *Routine* bedeutet »Wegerfahrung«, so zumindest behauptet das Herkunftswörterbuch. So muss der Mensch von Zeit zu Zeit, nicht nur am Scheideweg, »aufgerüttelt« und »geweckt« werden, damit er sich auf den rechten Weg besinnt und nicht blindlings ins Unglück rennt oder fährt …

Das Wort *Gefahr* ist bezeichnenderweise von *fahren* abgeleitet. *Verfahren* aber bedeutet (auch) »in die falsche Richtung fahren«. In der höfischen Literatur des Mittelalters wurde damit bei den »Fahrenden«, den Rittern, den Reitern, auch zum Ausdruck gebracht, dass sie das »Fahren« und »Ausreiten auf Abenteuersuche« übertreiben und dabei Frau und Familie vernachlässigen. Auch heute *verfahren* sich manche und »verfahren« dabei kostbares Benzin, wertvollen Diesel oder Kerosin. Sie täten vielleicht auch besser daran, daheim bei der Familie zu bleiben …

Und *Ausreiten* ist geradezu zu einem Fachausdruck im Rallye- und Rennsport geworden, es bedeutet, vom Parcours und von der Straße abzukommen und im Straßengraben oder im Umland zu landen … Ich habe mir im Roman »Die Burg« sowie in der Geschichte »Das Turnier von Launsdorf« anhand des Motocross-Rennens in Launsdorf am Fuße der Burg Hochosterwitz, dem Wahrzeichen Kärntens, Gedanken über die Parallelen zwischen Rittern und Motocross-Fahrern gemacht – sozusagen eine Ergänzung zu Ulrichs von Lichtenstein berühmtem »Turnier von Friesach« im »Frauendienst« des 14. Jahrhunderts …

Kreuzungen und Weggabelungen werden neuerdings gern mit Verkehrsinseln und Kreisverkehren gestaltet. Diese sind wohl praktisch, erfordern freilich viel Platz. Aber das fällt bei dem an sich enormen Bodenverschleiß durch neue Bauten, durch Verbauung und Versiegelung verlorenen Agrarlands (in Österreich täglich 16 Fußballfelder!) nicht weiter ins Gewicht … 14 Joch Grund, das sind ungefähr sieben Hektar, hat die Gestaltung der Abfahrten, Auf- und Zufahrten der Innviertler Schnellstraße, der sogenannten »Fernstraße« bei Bad Schallerbach, »verschlungen«, das ist mehr Grund, als ein durchschnittlicher Bauer in unseren Breiten besitzt. Kreisverkehre und Schikanen, Geschwindigkeitsbegrenzungen, Ampelregelungen etc. sind der oft hilflose Versuch, ein geordnetes Miteinander aller Verkehrsteilnehmer herzustellen. Die schwächsten Verkehrsteilnehmer sind sicher die Fußgänger, sie brauchen am meisten Schutz. Man erinnert sich an Bruno Kreisky, der gesagt hat, Minderheiten brauchten nicht die gleichen Rechte, sondern Vorrechte … Um nicht unter die Räder zu kommen, ist man versucht hinzuzufügen. Es ist vernünftig, dass der Fußgänger, sobald er sich nur anschickt, den Zebrastreifen zu betreten, den übrigen Verkehr einbremst. Die sogenannte Infrastruktur kann man in diesem Sinn verändern und verbessern, die Menschen und unter ihnen die Rücksichtslosen sind unverbesserlich, oder wie man heute gern sagt: lernresistent. Sie sind nicht zu bremsen …

Das Wort *Bremse* ist übrigens auch eins jener eindrucksvollen Wörter im Automobilismus, das ähnlich wie *PS*, *Pferdestärke* animalisch notiert, das heißt aus dem Tierreich und dem agrarischen Wortfeld stammt. Im Etymologischen Wörterbuch liest man: *Bremse*, fem., »Hemmvorrichtung, Klammer, die man wilden Pferden über die Nase legt, mhd. *Premse*, Maulholz,

Zügel, Maulkorb«. *Premezen* bedeutet »bändigen, das Maulholz anlegen«. Ein wenig verwirrend ist, dass es ein zweites *Bremse*, also ein Homonym gibt, das die lästigen Stechmücken, Schmeißfliegen und Quälgeister bezeichnet, vor denen wir als Kinder und Jugendliche beim Einbringen von Heu oder Getreide, beim sogenannten »*Füriforn*« (*vorfahren*, eigentlich *vorführen*, das mittelhochdeutsche *menen* der Helmbrecht-Dichtung, von lateinisch *minari*), die gequälten, erhitzten und schwitzenden Pferde mit einer Klatsche oder einem Reisbesen – oder auch durch Einreiben der Pferdebrust mit »Bremsenöl«, einer übelriechenden Tinktur – zu befreien suchten. Diese *Bremsen* heißen oberdeutsch, also auch in der bairischen Mundart Oberösterreichs *Bremeln* (Einzahl *Bremö*). Verwandt und abgeleitet von *brummen* ... Sie brummen tatsächlich, wenn auch vielleicht nicht so laut wie die gefährlichen Hornissen (mundartlich *Hurnaus* ...), von denen es zu Unrecht hieß, dass drei Stiche einen Menschen, sieben aber ein Pferd töten ...

Im Auto nun ist die *Bremse* (Wortbedeutung 1) neben der *Kupplung* und dem *Gaspedal* die wichtigste Vorrichtung zur Regulierung der Geschwindigkeit. Im Italienischen heißt die Bremse *freno* – und notiert wieder eindrucksvoll agrarisch und zoologisch wie im Lateinischen, wo *frenare* »aufzäumen, im Zaum halten«, »bändigen« und »zügeln« heißt. Im übertragenen Sinn auch »regieren«. Im Gegensatz zum englischen *brake*, dessen semantischer Hintergrund wohl »das Tempo brechen, unterbrechen« ist. Das romanische Französisch hat in *pédale de frein* und *le frein* die Erinnerung an das lateinische *frenare* bewahrt. Der Personenname *Frena* könnte damit zusammenhängen, wenn auch Maria Hornung im Lexikon österreichischer Familiennamen *Frener* als Ableitung von *Verena* zum »Sohn der Verena« erklärt. Geradezu eine Institution und vielleicht die wichtigste Person ist in der Sportart des Bobfahrens der *Bremser* geworden, der hinterste der Männer im Zweier- oder Viererbob, der für das Bremsen zuständig ist, die einzige Möglichkeit, das Tempo der ohne Antrieb, mehr oder weniger im freien Fall durch die abschüssige Betonröhre des »Eiskanals« schießenden Schlitten zu regulieren. Bobfahren ist wohl eine der luxuriösesten und kuriosesten Sportarten, die es gibt. Wenn man an die Errichtungskosten von Anlagen und an den kleinen Kreis der diesen »Volkssport« Ausübenden und der »Sportsfreunde« vor dem Fernseher denkt …

Es geht beim Autofahren immer um das Tempo, um die Beschleunigung und oft zu spät um das Einbremsen … Es gab zum »Welttag des Buches« 2006 ein Gratisbuch des österreichischen Buchhandels, ein »Lesebuch zur Entspannung«, herausgegeben von Evelyne Polt-Heinzl, mit dem vielsagenden Titel: *tempo! tempo?* Kürzer und prägnanter kann man den Rausch der Geschwindigkeit mit dem Rufzeichen – und die tödliche Gefahr und allgemeine Bedenklichkeit der »überhöhten« Geschwindigkeit mit dem Fragezeichen eigentlich nicht ausdrücken. Ein eindrucksvolles und beherzigenswertes »Zeugma«, eine »Syllepse«: »Nimm dir Zeit und nicht das Leben!«

Die anglophile automobile Welt spricht von nichts mehr als von *speed* und *top speed*. Die modernen Autos haben eine Höchstgeschwindigkeit von 200 und mehr Stundenkilometern. Sie könnten weitaus schneller fahren, als die Polizei erlaubt. Dem entgegen steht das große Thema der »Entschleunigung«, beim Autofahren wie im Gesellschaftsleben: Langsamkeit, Gemächlichkeit, Bedächtigkeit, Langlebigkeit. Gemütlichkeit. Karl Kraus hat andererseits in einem Aphorismus bekannt gemacht, was er sich von einer Stadt erwartet: Asphalt, Straßenbeleuchtung, Müllabfuhr … »Gemütlich bin ich selbst!«
Im Übrigen kann einem schon sehr zu denken geben, dass die Wörter *rasen* und *rasten* im Deutschen fast wie Homonyme klingen, wo sie doch gar nicht wurzelverwandt sind und geradezu Gegensätzliches bedeuten. *Rasen* bedeutet »toben, außer sich sein, im Verkehr mit dem Auto mit überhöhter Geschwindigkeit fahren«. *Raser* meldet die Verkehrspolizei in Deutschland nach Flensburg für die zentrale Verkehrssünderkartei. Der *Rosenmontag* ist eigentlich der *Rasenmontag*, der Tag der tobenden Narren. Rosen sind die vielleicht höchstangesehenen Blumen. Darum hat sich schließlich auch der steirische Dichter Peter Rosegger umbenannt. Eigentlich hieß er nämlich *Roßegger* … Und im Kärntner *Rosental* ist es der schnell fließende, sozusagen »rasante« Fluss Drau, der dem Tal den Namen gab. Die Raser *rasten* aus, die Wallfahrer *ruhen* in den verschiedenen Wallfahrtsorten mit dem Namen *Maria Rast aus*, halten Rast, beten den Rosenkranz; so wie der Legende nach der heilige Josef mit Maria und dem Jesuskind auf

dem Weg nach Ägypten unter einer Platane Rast gehalten hat und den Esel, das Reittier, grasen ließ… Dass Maria auf Kirchengemälden wie in der Kirche in Viktring rosenkranzbetend dargestellt wurde, ist hingegen ein Anachronismus.

Ein populäres Fremdwort aus dem Griechischen, das es an Bekanntheit mit *Auto* selbst aufnehmen könnte, ist *Tachometer*, also »Geschwindigkeitsmesser«, eigentlich ja »Schnelligkeitsmesser«, weil das griechische *tachys* »schnell« heißt. Das Grundwort *meter* in *Tachometer* aber ist sicher kein Fremdwort mehr… Dem griechischen *tachys* entspricht lateinisch *velox*, wie es die zweite Strophe des Studentenliedes »Gaudeamus igitur« besingt: »Venit mors velociter, rapit nos atrociter« (Schnell kommt der Tod und rafft uns hinweg). Der Tod kommt sozusagen »mit Karacho«. *Karacho* ist ein salopper Ausdruck für (überhöhte) Geschwindigkeit. Das Etymologische Wörterbuch vermutet, dass *Karacho* im Deutschen auch wegen des Anklangs an den *Krach*, der mit dem Aufheulen des Motors verbunden ist, »volkstümlich« wurde. Es hat freilich einen Beigeschmack von humorigem Unernst… Wohl auch einen obszönen, weil es von spanisch *carajo* kommen soll, was »Penis«, nein, »Schwanz« bedeutet. »Schnell zur Hand«…

Nicht minder merkwürdig wie das autochthone Wort *Bremse* ist auch der Terminus technicus *Kupplung*. *Kupplung* heißt »lösbare Verbindungsvorrichtung an Maschinen und Kraftfahrzeugen«. Ein *Kuppler* oder eine *Kupplerin* aber ist oder war einmal ein »Vermittler« oder eine »Vermittlerin von amourösen Beziehungen«. Ein kenntnis- und lehrreicher wie auch gut lesbarer Roman zu diesem Thema ist Ludwig Thomas »Der Wittiber«. Dort ist es ein Viehhändler namens Trettner, der weit herumkommt und sozusagen nebenberuflich auch Ehen einfädelt und als Heiratsvermittler stiftet. Er hat vor allem Witwer und Witwen im Auge und im Programm. Und so verdient er sich manchen Pelz – den klassischen Lohn für den Kuppler oder die Kupplerin …

Der sogenannte Volksmund hat für gewisse Autos, und auch vor allem für Motorräder, die ein eigenes Kapitel sind, besondere Namen, auch Spitz- oder Spottnamen geprägt. Als in meiner Jugend Fahrräder, etwa die robusten »Steyrer Waffenräder«, mit Hilfsmotoren versehen wurden, die seitlich neben der Achse des Hinterrades oder auch über dem Hinterrad auf dem Gepäckträger montiert und angeschraubt wurden, nannten meine Landsleute, die Landleute, diese besonders lauten, motorisierten, also mit Benzinmotor angetriebenen Fahrräder »Spuckerl« oder »Hühnerstauber«, mundartlich *Hennastauber Stauben* heißt im Bairisch-Österreichischen *scheuchen,* also ein faktitives »Scheu(e)-machen«. Ein Synonym, also gleichbedeutendes, oder doch semantisch ähnlich notierendes Wort war *stauben* in der Bedeutung von »verjagen«, also so handeln und bewirken, dass sich die Hühner oder der Hahn »aus dem Staub machen« … Dafür sagten wir auch *stampern.* Hühner »baden« bekanntlich gern im Staub. Die bairisch-österreichische Mundart kennt für dieses »Baden« (Flügelschlagen in einer kleinen Kaule oder Erdmulde) das agrarische Wort *moldeln* nach mittelhochdeutsch *molde*, »Erdreich«, das auch im Kompositum *Maulwurf* als Bestimmungswort vorkommt, in dem *molde* volksetymologisch, also eigentlich fälschlich, zu *Maul* umgedeutet wurde, das sich dann in *Maulwurf* sozusagen breitgemacht hat … Der »Maulwurf« wirft die *molde* aber keineswegs mit dem Maul auf.

Wenn jedenfalls ein donnerndes Hybrid-Fahrzeug mit Hilfsmotor auf der Dorfstraße »auftauchte«, die seinerzeit auch von freilaufenden Hühnern und ihrem Hahn frequentiert wurde, dann stoben diese laut gackernd und sich beschwerend auseinander. Und wie oft wurden Hühner auch überfahren, ebenso Katzen oder Hunde. Und natürlich das Wild … Oft ist natürlich auch der Fahrer des »Hühnerstaubers« gestrauchelt und gestürzt … Hühner sind großartige Tiere und was sie im Eierlegen vollbringen, ist ein einzigartiges Wunder. Der Mensch hat wirklich keinen Grund, sich über das bisschen »Hinterlassenschaft«, in die er tritt, aufzuregen und zu beschweren. Und was man den armen Kreaturen heute, bei der Haltung in lichtlosen und schlecht gelüfteten Mast- und Legebatterien antut, ist schrecklich und eigentlich kriminell und jedenfalls ein Verbrechen an der Schöpfung. Eben heißt es, dass eine andere Barbarei, das Töten am Fließband von männlichen Küken gleich nach dem Schlüpfen, verboten werden soll. Höchste Zeit! In einer Bauernmundart hießen die »Küken« übrigens *Wuserl* … Der bairisch-österreichische Ausdruck *Wuserl* für »Küken« kommt von *wuseln*, das

»sich schnell hin und her bewegen« bedeutet. Eben ist der bekannte Karikaturist der »Wimmelbücher« Ali Mitgutsch gestorben, auf dessen großformatigen Kinderbüchern und Suchbildern es nur so *wuselt* und *wimmelt* ...

Küken wiederum ist laut Etymologischem Wörterbuch eine aus dem Niederländischen übernommene Form, wurzelverwandt auch mit dem englischen *chicken*. Im Saarland gab es einen rührenden Spottspruch auf das Federvieh, der die »Mischsprache« der Saarländer und wohl auch der Pfälzer zwischen dem Deutschen und dem benachbarten Französischen pointiert charakterisiert: *Geh und schass den Gockel aus dem Schardeng! Chasser* heißt »jagen«, der *Jardin* ist der »Garten« ... *Gockel* ist ein ursprünglich lautmalendes, nach den phonetischen Hervorbringungen des »Hahns auf dem Mist« geprägtes Wort, die im Landleben wie ein biologischer Weckruf waren. Im Bayerischen Rundfunk hört man heute am Tages- und Sendungsbeginn im Morgengrauen als *Weckruf* nicht nur den Hahn krähen, sondern auch einen Traktor starten – ein starkes Indiz für den Übergang vom Animalischen zum Mechanischen und Maschinellen ...

Am *Rubikon* war ich narrativ stehen geblieben, wie seinerzeit auch physisch, weil wir uns dort vom Sattel erhoben haben und vom Rad *abgestiegen* sind (österreichisch für *absitzen*) und ins Wasser geblickt haben, als wir, Gerhard Neubauer und ich, den Fluss 1955 bei unserer Radtour auf der Rückreise aus Rom die Räder schiebend überschritten. Wir fühlten uns damals in

Ravenna schon fast wie daheim, hatten wir damit doch wohl schon zwei Drittel der Gewalttour hinter uns gebracht … Rubikon! Das Auto, der Wrangler, hat also seinen Namen von einem Fluss oder Bach in den Marken. Und woher hat der Bach, *Fiume Rubicone*, seinen Namen? *Fiume* kommt vom lateinischen *flumen,* von *fluere*, »fließen«, also eigentlich *Fluss* oder *Gerinne.* Oft habe ich als Lehrer an der Universität den Dialog »Kratylos« von Platon behandelt oder zitiert, im Rahmen der linguistischen Frage, ob die Namen oder Bezeichnungen der Gegenstände der sichtbaren und »erfahrbaren« Welt naturgegeben sind, griechisch *physis,* oder aber *nomos*, also menschliche, willkürliche »Setzung«, »Nomenklatur«. Gern habe ich auch eine Anekdote zitiert, die ich in einer »Einführung in die Linguistik« gefunden habe: Ein *rusticus*, ein Bauer, also ein ungebildeter oder unverbildeter Mensch, sagt, nachdem er sich einen Vortrag über Astronomie und die Planeten angehört hat, das, was der Professor vorgetragen habe, sei ja »gut und schön« und verständlich, aber eins sei ihm schleierhaft, und darauf habe er auch im Vortrag keine Antwort bekommen, wie man nämlich die Namen der Sterne und Planeten herausbekommen habe, wo sie doch, unendlich weit entfernt, noch von keinem Menschen besucht und »befragt« werden konnten! Der Bauer denkt also »naturalistisch«, der Gelehrte aber »nominalistisch« …

In diesem Sinne könnte man aber auch sagen, das Auto *Rubicon* habe seinen Namen vom Bach, und fragen, woher nun aber der Bach seinen Namen habe. Die Etymologie des Namens *Rubicon*, also die

Herkunft des Wortes, leitet sich wahrscheinlich vom lateinischen *rubrum*, »rot«, oder noch genauer von *rubicundum*, »rötlich«, her. Vielleicht ist das Wasser eisenhaltig und deshalb rötlich oder rostig bräunlich. Ich habe aber als Erklärung gelesen, es spiegle sich im fließenden Wasser des Rubicone das vulkanische Gestein der Berge in Ufernähe wider. Vielleicht das sogenannte »Rotliegende«, von dem unser Naturkundelehrer Franz Rohrhofer am Welser Realgymnasium sprach, das sind die rötlichen Sandsteinablagerungen aus dem Erdzeitalter Perm, von vor 300 Millionen Jahren. Immer, natürlich nicht ewig, und sicher auch nicht 300 Millionen Jahre lang, ist oder bleibt mir die litaneiartige Aufzählung der Glazial- und Erdzeitalter in Erinnerung, anhand der Namen dieser kleinen Gerinne: Günz, Mindel, Riß, Würm, Perm. Besonders ergreifend war es für mich daher, als ich 1964 das erste Mal mit meinem VW Käfer von Saarbrücken nach Österreich fuhr, nicht auf der Autobahn, sondern über die Landstraßen, in Karlsruhe von der Autobahn abfuhr und in Baden-Württemberg die kleinen, bescheidenen Bäche Günz, Mindel, Riß, Würm und Perm überquerte! Ein ganz besonderes Aha-Erlebnis. Es gab sie also wirklich! Rohrhofer hatte nicht gelogen … Ein Rubikon-Erlebnis!

Wie aber kommen Autohersteller eines »Pickups« auf die Idee, ein Produkt nach einem kleinen Fluss, ja einem Bach oder Bächlein zu benennen, das bei *Ravenna* in die Adria mündet? Dahinter steht natürlich – die Gebildeten, vielleicht sogar die »Halbgebildeten«, wissen das – die »Erzählung« von

Gaius Julius Caesar, der mit 5000 Söldnern im Jahr 49 vor Christus das Flüsschen Rubikon überschreitet, auf dem Vormarsch aus der Gallia Cisalpina nach Latium, wo er sich schließlich gegen Pompejus durchsetzt und, nach vielen Schlachten, Kriegs- und Winkelzügen, zum Alleinherrscher des Römischen Reiches wird. *Alea iacta est*, sagte Caesar, nachdem er den Rubikon überschritten hatte. »Der Würfel ist gefallen.« Es führt kein Weg zurück ... Wenn nun ein Auto als *Rubicon* bezeichnet und »beschriftet« wird, dann meinen seine Hersteller wohl auch, ihr Produkt sei das *Non plus ultra* und von keiner Konkurrenz, also Mitbewerbern, zu schlagen, zu überbieten und zu überholen. Ein Schwimmauto ist der *Rubicon* natürlich nicht, obwohl man sich mit hochgestellten Autos, sogenannten SUVs, auch in seichteres Wasser, wie vielleicht den Rubikon, wagen könnte.

Der Jeep Wrangler sei auf der Automesse ein *Partycrasher* gewesen, heißt es, also ein ungebetener Gast, einer, der den Frieden der Konkurrenz stört, ein Unruhestifter und Spielverderber. Er habe den »Weg unter die Haube« gefunden, heißt es. Kühner kann man es kaum ausdrücken: »Unter die Haube kommen« wird zu »unter die Motorhaube kommen« mutiert. Und die Konkurrenz, heißt es vom Produkt, »bringt die Mitbewerber auf die Palme«. Der Cherokee Trackhawk ist der »stärkste SUV, den es je gab«. *Hawk* ist der (Jagd)-Falke, der andere Tiere, Geflügel oder Hasen (*rabbits*), schlägt ... »Schöne« Beispiele für aggressive Werbung! »Auf die Palme bringen« erklärt Lutz Röhrich im »Lexikon der sprichwörtlichen

Redensarten« so: »Die Redensart fußt auf der Vorstellung des Hochgehens des Erzürnten.

Schließlich ist im Inserat auch martialisch von »Kampfansage« die Rede, also von Kriegserklärung! Fehlen nur die Namen der Überbotenen, Überholten, Geschlagenen und Besiegten, die im Triumphzug »vorgeführt« wurden, das aber ist verboten. Man darf sagen: »*Persil* ist das beste Waschmittel der Welt«, aber nicht: »*Persil* ist besser als *Omo*.« Erlaubt ist in der Werbung nur der Superlativ, nicht der Komparativ oder Elativ mit Bezug zur Konkurrenz. Man darf das Eigene aufwerten, das Konkurrierende aber nicht denunzierend abwerten. Obwohl dies immer unausgesprochen und implizit der Fall ist, denn es kann nur einer der Beste sein …

Die Werbung für den VW, also den »Volkswagen«, war einmal, in grauer Vorzeit, als wir und der »Käfer« noch jung waren: »Und er läuft und läuft und läuft.« Umgemünzt auf die »Amischlitten«, die »Benzinfresser«, sagten wir: *Und der Chevrolet säuft und säuft und säuft! Sprit*, *petrol* oder *gasoline* nämlich. *Sprit* ist zwar eine volkstümliche Form von *Spiritus*, aber mit diesem nicht identisch. Und das englische *petrol* ist auch nicht (reines) Petroleum. Irrtümlich habe ich einmal in ein Leihauto, einen Diesel meiner Werkstatt, Benzin getankt, was er mir sehr übel genommen hat … Heute demonstriert ein Batteriehersteller die Ausdauer seines Produkts mit dem sogenannten *Duracell*-Hasen, ein Spielzeughäschen, das, aufgezogen, länger und weiter läuft als alle anderen Teilnehmer am Wettlauf. Im Wort Konkurrenz steckt das lateinische *currere*, das heißt »laufen«. Wer diese anderen »Mitläufer« sind, denen vorzeitig, vor dem Zieleinlauf, die Luft und der Strom ausgehen, wird wieder diskret durch Anonymisierung oder Phantasienamen verschleiert und verschwiegen ...

Eine andere Type des Jeeps Wrangler wurde *Sahara* »getauft«. Mit dem Wort *Sahara* ist natürlich das unwirtlichste Gelände, in dem sich ein Auto bewegen und bewähren kann, gemeint. Auf Asphalt oder Beton zu fahren ist keine Kunst, das können auch die Konkurrenten, im Sand der Dünen wie beim Extremrennen Paris-Dakar ist das Fahren eine mörderische *challenge*, eine »Herausforderung« für Material und Mensch. Die Autos schwimmen in grundlosem Sand und Staub! Die Sahara ist nun wirklich eine selektive Strecke, keine »Jausenstrecke«. *Hic Rhodus, hic salta! Hic Sahara, hic curre!* Wo, um Himmels willen, ist die nächste Oase und eine Tankstelle, sollte das gebunkerte Benzin nicht reichen? Oder das Kühlwasser verdunsten und das Auto verdursten? Eine harte Prüfung, nicht nur für den Ford *Ranger*!

Rangers (von *range*, »Gebiet« »Landschaft«, »Gelände«) sind im Übrigen besonders geschulte und gedrillte Soldaten der U.S. Army. Ehrgeizige Militaristen auch anderer, mit den USA verbündeter Länder bemühen und bewerben sich um die entsprechende »Ausbildung« für ihre Soldaten. Besonders couragierte junge Männer haben sich auch als Söldner um die Aufnahme in die französische Fremdenlegion bemüht. Einer unserer Mitschüler im Welser Gymnasium hat sich dieser Tour und Tortur der *Ranger* in den USA unterzogen. Gerade ihm, dem teilweise vom Turnunterricht Befreiten, hätte man es nie zugetraut. Er hat es freilich später im Österreichischen Bundesheer bis zum Divisionsgeneral gebracht … Bei einem unserer Maturatreffen erzählte er, wie hart die *Ranger* »erzogen« und »trainiert« – und »malträtiert« werden. Sie werden in saharaähnlichen Wüsten wie der *Chihuahua Desert* in New Mexico ausgesetzt und müssen sich auf sich allein gestellt bis in weit entfernte Oasen und Stützpunkte durchschlagen … *Survival training* nennen dies die Army-Amis, »Überleben« und »Durchschlagen« die deutschen Militaristen. Mein langjähriger Sitznachbar im Gymnasium, Walter Haselsteiner, wurde Militärpilot. Einmal hat er mich von seinem Stützpunkt Hörsching her mit seinem Hubschrauber Sikorsky, den er bei der Kaserne in Lendorf geparkt hatte, in Klagenfurt besucht …

Wenn *Rubikon* der *rote Fluss* ist, dann würde sein Name allerdings noch besser und genauer als zum Wrangler-Jeep zu den »roten Teufeln aus Maranello«, also zu den »Boliden« von *Ferrari*, passen, die bekanntlich auf Grellrot abonniert sind. So rot, röter geht's nicht! Das Wort *Bolide* kommt von griechisch *bolis*, »Wurfgeschoss«. Ein *Bolide* ist laut Fremdwörterbuch ein »großer, sehr heller Meteor, Feuerkugel« oder im übertragenen Sinn ein »schwerer, einsitziger Rennwagen mit verkleideten Rädern«. Mich erinnert die Fixierung auf eine einzige Farbe an den österreichischen Maler des sogenannten Informel, Markus Prachensky, dessen Leitspruch war: »Ich male nur in Rot!« Auf schwarzem Grund! Es gab im

Haus der Katholischen Hochschulgemeinde in der Wiener Ebendorferstraße von Msgr. Otto Mauer kuratierte Kunstausstellungen mit dem Titel GEIST UND FORM, wo Markus Prachensky, Arnulf Rainer, Martha Jungwirth, Maria Lassnig, Peter Bischof und Josef Mikl, also Künstler der von Mauer geführten Galerie St. Stephan (später *nächst* St. Stephan), wiederholt vertreten waren. Mir hat Prachenskys »Askese« nicht *eingeleuchtet.* Ein Maler, der sich so ausschließlich auf eine einzige Farbe kapriziert? Ist er wie ein Mensch, der sich ausschließlich von einer einzigen Speise ernähren möchte? Gesund ist das nicht … *Kaprizieren* umschreibt der Duden mit »sich eigensinnig auf etwas festlegen, eigenwillig auf etwas bestehen, auf etwas beharren«. Ein Maler, der nur eine Farbe kennt, ist eigentlich kein Maler, sondern vielleicht ein Graphiker. Ist er farbenblind, weil er nur Rot sieht? Hat er den roten Star? Weil die *Caprice* sich etymologisch vom lateinischen *Caput* (»Schädel, Kopf, Haupt«) herleitet, kann man *kaprizieren* wohl mit »in den Kopf setzen« übersetzen. Auch das Wort *behaupten* war einmal ein Synonym von *kaprizieren. Caput*, das »Haupt«, eigentlich wohl die »Hirnschale«, darum haben die Germanen und die Ritter noch aus »Köpfen« getrunken. Sie waren aber keine »Kopfjäger« …

Ein Maler aber, denke ich, muss Farbe kennen und bekennen … So bin ich mit dem roten Ferrari ein wenig vom geraden Weg abgekommen, sozusagen in der Auslaufzone, auch Sturzraum genannt, gelandet, auf dem springenden oder tänzelnden Pferd, dem *cavallino rampante* von Ferrari *ausgeritten* …

Am 10. Juli 2022 wurde in Spielberg in der Steiermark wieder ein Autorennen der Formel 1 um den »Großen Preis von Österreich« veranstaltet. Am Tag darauf titelte die Grazer »Kleine Zeitung« mit der Schlagzeile »Ferrari-Rot crasht die Party in Orange«. Der Untertitel des Aufmachers lautete: »Charles Leclerc siegt in Spielberg. Die holländischen Fans trugen es mit Fassung – mit wenigen Ausnahmen.« Weil also nicht Max Verstappen gesiegt hatte, wie es die 50 000 angereisten Holländer, die nicht nur viele orange Fahnen schwangen, sondern auch bengalische Feuer in der »Landesfarbe« abbrannten und damit sogar den Fahrern stellenweise die Sicht verschlechterten, erwartet hatten, gab es auch Randale und »Belästigungen«; von »sexistischen Übergriffen auf den Rängen« und »Grapschen« berichteten die Zeitungen. Nicht alle Holländer trugen es also mit Fassung! Einige Oranjes sahen rot auf dem *Red-Bull-Racing-Circuit*, wofür sich Max Verstappen, der (nur) Zweiter und zweimal vom Ferrari des Monegassen Charles Leclerc überholt wurde, im Interview entschuldigte. Man kann sich seine Fans nicht aussuchen.

Der Ausdruck *Bulle* kommt bekanntlich aus dem deutschen Norden. Hätte Dietrich Mateschitz das Getränk *Red Bull*, das ihn zum Milliardär und reichsten Österreicher machte, nach der Mundart seiner steirischen Heimat benannt, dann hieße es *Jodl. Jodl* ist der Mundartausdruck für den (jungen) Stier. Aus dem Herkunftswörterbuch erfährt man, dass das Wort *Bulle* mit dem griechischen *phallos* verwandt ist. »Der Bulle ist nach seinem Zeugungsglied benannt.« Einen Polizisten als *Bulle* zu bezeichnen, war also ursprünglich eine veritable Beleidigung. Heute denkt man sich nichts dabei, wenn man eine Fernsehsendung »Der Bulle von Tölz« nennt… Der Begriff hat eine von der Sprachwissenschaft so genannte *Meliorisierung* seiner Bedeutung erfahren. Wenn Österreicher früher einen Gendarmen despektierlich »nominieren« wollten, sagten sie *Schantinger.* Josef Winkler macht sich in einem Text über einen Gendarmen von Kamering, seinem Geburtsort, lustig, indem er ihn *Schöndarm* schreibt. Das wiederum nennt die Linguistik eine »hyperkorrekte Form«…

Um das Jahr 1990 besuchten wir einmal den Bildhauer und Schöpfer des *Red-Bull*-Bullen Jos Pirkner in seinem Atelier in Tristach bei Lienz in Osttirol. Wir, das waren Herbert Wochinz, der Intendant des Klagenfurter Theaters und Erfinder der Komödienspiele im Schloss Porcia in Spittal an der Drau, der Stadtpfarrer von St. Egid in Klagenfurt Markus Mairitsch, der Maler Ernst Fuchs (der damals in der Sakristei der Stadtpfarrkirche an der »Klagenfurter Apokalypse« malte) – und ich. Bei diesem Atelierbesuch zeigte uns Pirkner auch einen Entwurf für ein Relief zum Thema »Christus und die Emmausjünger«, das er für die Grabkapelle des in der Gruft der Stadtpfarrkirche bestatteten französisch-amerikanischen Schriftstellers Julien Green, der sich dies ausdrücklich gewünscht hatte, in Arbeit hatte… Jos Pirkner hat bekanntlich auch als Architekt und Schöpfer von 14 imposanten, losstürmenden, extrem stiernackigen Bullen am Firmensitz des Red-Bull-Gründers Dietrich Mateschitz in Fuschl am See »zugeschlagen«.

Die »Fuschler Stiere« gelten als die größte Bronze-Plastik Europas. Außerdem stammt von Pirkner die Kleinplastik TAURUS, die, ähnlich wie die Oscars für Schauspieler, für kühne Stuntmen vergeben werden, ein kleines Kunstwerk – im Gegensatz zum kitschigen Oscar … *Taurus* ist lateinisch und heißt »Stier«, eine passende Auszeichnung für jene, die Filmdarsteller bei gefährlichen Szenen, wie etwa Autounfällen, doubeln, die »Toreros am Set«, die Kopf und Kragen riskieren …

Seit 2012 gibt es auf dem Gelände in Spielberg eine neue Attraktion: einen 14,6 Meter hohen Stier aus Stahl mit vergoldeten Hörnern, nicht von Jos Pirkner, sondern von Martin Kölldorfer, Clemens Neugebauer und der Schlosserei Sachan. Und da in den Zeitungen sogar von der »Einweihung« des Stierdenkmals geschrieben wurde, werden sich die »Abendländer« unter den Besuchern von Spielberg, wenn es sie denn gibt, vielleicht an den Stierkult der Antike auf Kreta und den Minotaurus erinnert fühlen. In der griechischen Mythologie heißt es bekanntlich, dass sich Pasiphae, die Frau des Königs Minos, in den Stier verliebt. Sie gab sich diesem in einer von Daidalos entworfenen Kuhattrappe hin, ließ sich vom Stier begatten und gebar aus dieser Verbindung den Minotaurus … Der Plot ist allerdings *non ad usum Delphini* …

Beliebt und oft von *Kühlerhauben* weggebrochen und gestohlen werden die Tier-Kleinplastiken, die Stiere, Pferde, Adler und Löwen, das springende Pferd von

Ferrari, wie auch ganz besonders die Mercedes-Sterne. Nicht zu vergessen in dieser Menagerie der Autos: WOLF, das Militärfahrzeug von Mercedes! Und überhaupt das Militärische und Martialische an den Autos! Autos als Produkte der Waffenindustrie! Auftrumpfend sind ja auch die militärischen Rangbezeichnungen für zivile Vehikel: *Admiral*, *Commodore*, *Kadett*, *Kapitän*. Eine andere Autotype der Marke Jeep-Wrangler heißt GLADIATOR. Der *Gladiator*, nach *gladius*, »Schwert«, ist also der »Schwertkämpfer«. Bleibt nur zu hoffen, dass sich die Fahrer dieser Autos besänftigen und bezähmen und die Straße nicht als Schlachtfeld missverstehen. Es entspricht dem, was die Engländer »Understatement« nennen, eine augenzwinkernde »Untertreibung«, wenn das Volkswagenwerk seinen *Golf*, also den Nachfolger des *Käfers*, nicht nur auf dem englischen Markt *Rabbit*, »Hase«, nennt. Der Hase ist immerhin flink und kann Haken schlagen. Das hat er auch beim sogenannten *Elchtest* (»Ausweichtest«) überzeugend bewiesen! Schnecke, *slug*, oder Igel, *Hedgehog*, wäre wohl doch nicht passend gewesen ... Ein Glücksfall besonderer Art von *französischem* Humor war der Name des Citroën 2CV als *vilain petit canard*, deutsch »das hässliche Entlein«. In der Werbewirtschaft hat man ja längst auch das scheinbar oder anscheinend Abwertende als tauglichen Effekt erkannt. *Hässlich = schön* ... Man könnte es die fröhliche Mitleidwerbung nennen. Ein solches sympathisches Eingeständnis erregt lustvolles Mitleid. (Ein anderes Beispiel: Crisan warb für sein Shampoo mit dem Slogan »Sauteuer, aber es wirkt«, was dialektisch implizierte: Die Konkurrenz erzeugt billiges, aber unwirksames Zeug.) Der Produktionsauftrag für den Citroën 2CV, der auf dem Pariser Autosalon 1948 Staunen (Mitleid, Entsetzen und Gelächter) erregte, hatte gelautet: Ein kleines Auto, »*une toute petite voiture*«, herzustellen und hinzustellen für Arbeiter, Handwerker, Bauern, Pfarrer, also keine Limousine und kein »Luxusauto« für die Oberschicht … Das Wort *Limousine* bezeichnete ursprünglich einen weiten Mantel, wie ihn die Fuhrleute und Rossknechte in der Landschaft *Limousin* in Frankreich getragen haben. »Das hässliche Entlein« ist bekanntlich ein rührendes Märchen von Hans Christian Andersen über das Glück einer Außenseiterin unter den Enten, die im Happy End zu einem prächtigen Schwan mutiert. Diese Karriere ist auch dem 2CV gelungen, bis man ihn etwa fünf Jahrzehnte nach seiner Erfindung *auflaufen* und *auslaufen* ließ – und *eingestellt*, sozusagen garagiert hat … Jetzt ist er ein begehrter Oldtimer.

Nicht nur Citroën hat mit seinem Kleinwagen das große Geschäft gemacht, auch andere Autohersteller haben Klein- und Kleinstwagen auf den Markt gebracht und waren damit extrem erfolgreich. Gerne ist dann von »Kult« die Rede. Aber so wie die »Philosophie« der Autokonstrukteure nicht im Sinne der Fakultätsdisziplin Philosophie zu verstehen ist, sondern nur als »Überlegung«, »Absicht« und »Hintergedanke«, so haben auch die »Schiffs- und Auto-Taufen« nichts oder wenig mit Religion oder Theologie zu tun, und wenn die Gattin eines Prominenten eine an einem Seil hängende Flasche (Sekt) Richtung

Backbord sausen lässt, so ist das kein Sakrament, ja eigentlich nicht einmal ein *frommer* Brauch, sondern eher eine Blasphemie. Und so ist auch »Kult« keineswegs liturgisch oder eucharistisch gemeint. Und die von Pfarrern angebotene Autosegnung ist natürlich etwas anderes als die Waffensegnungen in den Weltkriegen I und II ... Es handelt sich nicht um Sakralisierung, sondern um Säkularisierung und Trivialisierung. Alles höchst irdisch, und kapitalistisch und technisch. Wenn hinter den Kleinwagen eine »Philosophie«, wie man gern ein wenig gedankenlos sagt, steckt, dann vielleicht jene des Salzburgers Leopold Kohr: »Small is beautiful«, und somit kein ontologischer, sondern ein ästhetischer Grundsatz ... Die Begeisterung für Kleinwagen, sei es der Citroën 2CV, der 500er Mini von Fiat, das Goggomobil, der NSU Prinz oder der SMART, ein Kleinwagen, der in seinem Namen das S der Uhrenindustrie Swatch im schweizerischen Biel, das M von Mercedes und das englische Wort *art*, »Kunst«, vereint, hat die stolzen Besitzer dieser Modelle in Vereinen zusammengeführt. Und sie grüßen einander durch Hupen oder durch Blinken, sozusagen Zwinkern mit der Lichthupe, wenn sich ihre Wege kreuzen. Derselbe »Geschmack« führt Menschen gruppendynamisch zusammen. Sie bilden sozusagen eine säkulare Religionsgemeinschaft. Und sie veranstalten Meetings und »Hochämter«, wie die Besitzer des Mittelklassewagens Golf von VW jährlich in Reifnitz am Wörthersee in Kärnten. In meinem Buch »Lebenszeichen« habe ich den Schriftstellerkollegen Peter Henisch zitiert, der im Buch »Die kleine Figur meines Vaters« schreibt, dass sein kleinwüchsiger Vater Präsident des Goggomobil-Clubs und später des NSU-Prinz-Clubs war. Es besteht wirklich kein Grund, auf die Besitzer von Kleinwagen und ihre bescheidenen Vereine hochmütig und von oben herabzuschauen…

Oft werden Autos mit Menschen verglichen und es werden ihnen Charaktereigenschaften zugesprochen, wie sie nur der Homo sapiens hat oder haben kann. In meiner Jugend war einer der häufigsten Slogans »Opel, der Zuverlässige« und »Er lässt Sie nie im Stich!«, Oder per Du: »Er lässt *dich* nicht im Stich!« *Edel* und *elegant* waren »Nobelmarken«, Aristos der Branche. Ein besonders exquisiter Vergleich ist mir neulich bei der Lektüre des Romans »Angst vorm Fliegen« von Erica Jong aufgefallen. Die Ich-Erzählerin, die Schriftstellerin Isadora Wing, begleitet ihren Mann, den Psychoanalytiker Bennett, trotz Flugangst zu einem Psychiater-Kongress nach Wien, ins Mekka der Freud'schen Psychoanalyse. Dort lernt sie Adrian, einen Berufskollegen ihres Mannes, kennen, mit dem sie eine leidenschaftliche Affäre beginnt. Nach einer abendlichen Tanzveranstaltung vergleicht sie ihren Ehemann mit ihrem Liebhaber: »Wenn Adrian beim Tanzen ein hoffnungsloser Oldtimer war, so war Bennett ein *stromliniger Jaguar XK*«! (S. 121) Das XK kann man vielleicht auch als erotische Chiffre verstehen, jedenfalls das X als *X-Large*. Beim *Jaguar* bedeutet es verstärkte Reifen. Und beim tanzenden Mann? Ausdauer, Durchhaltevermögen? So ein Superman macht nicht so schnell schlapp, auch nicht im Bett…

Unter den »Liebesgedichten«, eigentlich »Liebe Gedichte«, der oberösterreichischen Schriftstellerin Roswitha Zauner, heißt das für den ganzen Band titelgebende Gedicht »Wenn ich deine Honda wäre«: »Wenn ich deine Honda wäre/ würdest du mich ansehn und mich pflegen/ du schütztest mich vor Frost und Regen/ich wär bei dir auf all deinen Wegen«, »Wenn ich deine Honda wäre/ horchtest du geil auf meinen Spruch/ Ich wär dir ganz allein genug/ du hättest keinen Bock auf Puch.«

Ausständig und noch nicht geschrieben oder mir nur nicht bekannt geworden ist ein Buch über Fahrlehrer, vielleicht mit dem Titel »Die Fahrschule« oder »Der Fahrlehrer«. Stoff für einen solchen (erotischen) Roman fände sich in der Kriminalberichterstattung der Zeitungen. Es soll natürlich hier kein Berufsstand denunziert werden. Aber die Versuche junger oder auch älterer Fahrlehrer, ängstlichen Fahrschülerinnen »beizustehen«, nahezutreten und »auszuhelfen«, sind zahlreich, ihnen Nachhilfe zu geben und hilfreich ins Lenkrad zu greifen, oder »die Gänge zu zeigen«, wie es bei Roswitha Zauner heißt … Bekannt geworden und auffällig geworden ist einmal ein Fahrschulbesitzer, dessen »Vorführwagen« mit Liegesitzen öfter auf dem Land im »Schießling«-Wald nahe Wels in Oberösterreich »geparkt« war. Der Vorführwagen als Verführwagen … Ich muss mich korrigieren: Es gibt dieses Buch natürlich schon, das großartige, urkomische »Untersuchung an Mädeln« von Albert Drach.

Am 25. Februar 2023 vermeldete die »Kleine Zeitung« unter der Überschrift »Sexuelle Belästigung.

Fahrlehrer vor Gericht«, dass sich ein Fahrlehrer in mindestens 17 Fällen an jungen Frauen und Mädchen vergangen habe. »Die Schülerinnen wollten den Führerschein haben und hatten Angst vor negativen Konsequenzen, wenn sie sich beschweren würden.« Dort erfährt man auch: »Seit 1. Jänner 2016 droht auch eine Strafe, wenn jemand ›eine andere Person durch eine intensive Berührung einer der Geschlechtssphäre zuzuordnenden Körperstelle in ihrer Würde verletzt‹.« An der Formulierung des entsprechenden Paragraphen könnte Albert Drach mitgewirkt haben …

Ein vielbeachtetes (politisches) »Auto-Buch« hat Heinrich Böll 1966 mit »Ende einer Dienstfahrt« geschrieben. Die eindrucksvolle Umschlaggestaltung stammt von Celestino Piatti und zeigt einen lichterloh brennenden Jeep der deutschen Bundeswehr, jenes Fahrzeug – einen DKW MUNGA Geländewagen –, mit dem der Protagonist Georg Gruhl gegen Ende seines Präsenzdienstes planlos und ziellos durch die Gegend fährt, um den für die Inspektion erforderlichen Kilometerstand zu erreichen. Dieses Auto fackeln Georg und sein Vater Johann Gruhl, ein verschuldeter Tischler, gemeinsam ab, was zum Prozess führt – und zu einem relativ milden Urteil, weil der Sachverständige Büren den Casus als eine Art politisches Anti-Kunst-Happening darstellen kann … Piatti nun hat wirklich, wenn auch leicht stilisiert, einen brennenden DKW MUNGA ins Umschlag-Bild gesetzt. *MUNGA* ist ein Akronym für *Mehrzweck*, *Universal*, *Gelände* und *Allrad*. Auch ich verdanke Piatti einige sehr gelungene Umschläge meiner im Deutschen Taschenbuch Verlag erschienenen Lizenzausgaben. Die Umschläge der meisten meiner im Residenz Verlag erschienenen Originalausgaben hat Walter Pichler entworfen. Der Umschlag für meinen Roman »Groß in Fahrt«, der von einem Prominenten-Chauffeur, der zum Rotkreuz-Fahrer »konvertiert«, handelt, zeigt einen Autoreifen, gewissermaßen »pars pro toto auto«. Dieses »Verfahren« hat Walter Pichler nicht ohne Witz für meinen Roman »Die Mühle« auf die Spitze getrieben. Das Bild zeigt nicht die Mühle selbst, sondern nur den Mühlbach, der vor der Schütze, vor dem Wehr, vom Hauptgerinne abzweigt. Man müsste also dem Mühlbach folgen, um die Mühle selbst zu erreichen ... Und der Umschlag für das Buch »Groß in Fahrt« zeigt nicht den Mercedes, mit dem Groß den Bischof zu den Visitationen der Pfarreien in seiner Diözese gebracht hat, auch nicht das Rotkreuz-Blaulicht-Auto, sondern eben – einen abgefahrenen Reservereifen?

Autos und Motorräder haben – wie auch Menschen – eine charakteristische »Stimme«, eine hohe oder sonore, tiefe Stimme, es gibt leise und flüsternde Motorräder und Autos, aber auch laute und unangenehm donnernde. Von Motorrädern, vor allem solchen mit Viertaktmotoren, sagten wir früher schwärmend, sie hätten einen »tollen Spruch«. Ich höre noch heute jenes Viertakt-Motorrad des Zimmermanns Gruber, vulgo *Berimann* (Bergmann), wenn er frühmorgens an meinem Fenster vorbei zwischen der »Aichmühle« und unserem Wohnhaus Richtung Wels in die Arbeit gefahren ist und vom Gatterbauern her kommend auf den hundert Metern bis zu uns drei- oder viermal »gepumpert«, wie wir sagten, also Laut gegeben hat. Seine NSU befand sich noch in seinem Haus Weinberg 5, als ich es seinen Erben abgekauft habe. Es war mir wie ein Totengedenken, dieses Motorrad hinten in der Scheune noch einmal zu starten …

Mopeds mit Zweitaktmotoren wimmern und krächzen wie im Falsett, sie sind heiser, als wären sie im Stimmbruch. War ein Auto besonders laut, stand sein Besitzer im Verdacht, den Auspuff »angebohrt« und manipuliert zu haben. Boliden *heulen auf*, Fehlzündungen nennen Mechaniker, die »Logopäden« der Werkstätten, hingegen gerne einmal »Fürze« … Mit Verachtung sprechen Insider und Fachleute von »Sonntagsfahrern«, die untertourig oder auch übertourig unterwegs sind, also rechtzeitig herunter- oder hinaufzuschalten vergessen. Nicht nur das Fahren von Autos und Motorrädern, auch das Mitfahren, etwa als Sozius oder Sozia auf dem Rücksitz, dem sogenannten *Soziussitz* eines Motorrads, will gelernt sein. Der Mitfahrer oder die Mitfahrerin auf dem Soziussitz muss sich vor allem wie der Fahrer oder die Fahrerin auch »in die Kurve legen« … Und das galt damals auch einmal entsprechend für das Mitfahren, also Gefahrenwerden, im Seitenwagen der heute selten gewordenen oder überhaupt ausgestorbenen Beiwagenmotorräder. Motorradrennen mit Beiwagenmaschinen gibt es überhaupt nicht mehr. Als Student in Wien habe ich einmal das sogenannte Laxenburger Schlossparkrennen besucht und dort den berühmten oder berüchtigten, schwer sehbehinderten Schweizer Florian Camathias, der Beiwagenmaschinen-Rennen fuhr, »erlebt«. Im »Kurier« wurde er, ein wilder Draufgänger und Haudegen, mit dem Satz zitiert: »Ich komme und siege oder breche mir alle Knochen!« 1965 ist er beim »Race of the South« im englischen Brands Hatch dann leider wirklich tödlich verunglückt …

Mich hat es damals nach Laxenburg gezogen, weil dort auch Gerold Klinger, ein Landsmann und Müllersohn, im Rennen mit den schweren 500er-Maschinen mitgefahren ist. Jahre später habe ich ihn in Gaspoltshofen, wo er mit seinem Bruder am Innbach eine stattliche Kunstmühle besaß, besucht, und wir haben uns angeregt unterhalten. Er hat mir auch sein Motorradmuseum gezeigt. Mehr als über Mühlen und Motorräder haben wir uns aber im Gasthaus Klinger, wo Hedi Klinger, Gastwirtin in vierter Generation, seinerzeit für ihren berühmten Stammgast Thomas Bernhard aufgekocht hat, über den Ohlsdorfer unterhalten. Ich durfte dort Platz nehmen, wo Bernhard gewöhnlich saß, und ich bekam auch die von ihm wiederholt gerühmte Frittatensuppe … In »Hedi Klingers Klassiker der österreichischen Kochkunst« ist auch Bernhard abgebildet. Über Thomas Bernhards Vorlieben für gewisse Wirtshäuser und Speisen und auch seine Abneigungen hat Karl Woisetschläger im Buch »Der Bernhardiner. Ein wilder Hund« eine köstliche Parodie geschrieben. Über Bernhard als Autofahrer in einem bescheidenen VW Käfer muss erst noch geschrieben werden. Ich bin mir nicht sicher, ob er einen Führerschein der Klasse F besessen hat, der ihn berechtigt hätte, seinen kleinen Steyrtraktor mit dem stolzen Besitzertäfelchen »Thomas Bernhard, Bauer zu Nathal« zu fahren. Vielleicht doch, weil er ja sogar die Lizenz für Lastautos gehabt haben muss, als er sich dem Caritas-Direktor Leopold Ungar als Fahrer für Hilfstransporte in Krisengebiete Afrikas angeboten hat …

In meiner Kindheit gab es auf dem Welser Volksfestgelände ein »Autodrom«, eigentlich ein »Motodrom«, einen »Parcours«, einen Rundkurs, auf dem Sand- und Aschenbahnrennen veranstaltet und ausgetragen wurden. Die großen Speedway-Spezialisten waren die rivalisierenden Fritz Dirtl und Martin Schneeweiss. Ein solches, als große Sensation angekündigtes und beworbenes Rennen besuchten mein Bruder und ich Anfang der 50er Jahre; unsere Begeisterung für das große und laute Spektakel ist mir heute nicht mehr ganz nachvollziehbar, es zog uns damals aber in seinen Bann. Rennfahren war seinerzeit in jeder Form – ob Motorrad-, Straßen- oder Sandbahnrennen, ob Formel-1-Autorennen auf dem Salzburg-Ring oder dem Nürburgring – lebensgefährlich. Und viele Erfolgreiche endeten auch tragisch, so auch Fritz Dirtl, der 1956 auf der Aschenbahn in Oberhausen auf schreckliche Weise zu Tode kam. Der erfolgreichste Motorradrennfahrer Österreichs aber, Rupert Hollaus, der 1954 in der 125-ccm-Klasse auf einer NSU Weltmeister wurde, verunglückte beim Training auf dem *Autodromo Nazionale* in Monza. Er wurde nach Wien überführt und im Stephansdom aufgebahrt.

Unsere Klasse am Welser Realgymnasium war gerade damals mit der Aktion »Österreichs Jugend lernt Wien kennen« in Wien und so sahen wir die Menschenschlange vor dem Riesentor, die vielen Menschen, die zum Sarg des Traiseners pilgerten. Wie 2019, also 65 Jahre später, als der erfolgreichste Autorennfahrer Österreichs Nikolaus (von) Lauda starb, der einen schlimmen Unfall auf dem Nürburgring überlebt und später bewiesen hatte, dass man auch als Ex-Rennfahrer viel erreichen kann. Ich habe mir erlaubt, in der Geschichte aus meinem poetischen Wörterbuch »Romulus und Wörthersee« eine Mitteilung von Niki Lauda aus einem Interview zu zitieren, nämlich dass Religion und Latein seine schwächsten Fächer in der Schule gewesen seien. Ich stehe aber nicht an, ihm nachträglich in Deutsch und Englisch ein »sehr gut« zu geben, auch wenn er mit dem lateinischen Sprichwort *festina lente* (»Eile mit Weile«), das nicht nur Sueton, sondern auch Kaiser Augustus gern verwendet haben soll, nichts am Hut, am Parmalat-Käppi hatte. Tödlich verunglückt ist Jochen Rindt, der postum 1970 zum Weltmeister erklärt wurde. Autorennen waren damals eine brandgefährliche Angelegenheit und es gab jede Woche jede Menge Crashs, und nicht wenige mit tödlichem Ausgang. Das lag an den unvollkommenen Autos und auch an den Strecken. Heute wundert man sich oft, wenn Piloten nach einem Unfall mit sich überschlagenden Boliden nahezu unverletzt aus den Autos steigen oder von Streckenwärtern herausgezogen werden …

Einmal, im Jahr 1965, besuchte ich von Saarbrücken aus mit meinem VW Käfer Löwen (Leuven, Louvain) in Belgien, wo wir uns mit Germanistik-Studenten und -Studentinnen an der 1425 gegründeten Katholischen Universität trafen. Spätabends fuhren wir in dem mit fünf Personen überladenen Citroën 2CV eines belgischen Kommilitonen heiter, wohl auch angeheitert, »Gaudeamus igitur« und »Hoch auf dem gelben Wagen« singend, durch die an Kneipen und Bistros reiche Stadt, um Nachschub an Getränken in einem bis Mitternacht offen haltenden Markt zu organisieren. *Organisieren* hieß beim »Barras« auch »stehlen«, das taten wir natürlich nicht. Neben der berühmten Universität, an der Erasmus von Rotterdam und viele andere Geistesgrößen studiert oder unterrichtet hatten, sind es die Brauereien, dereinst 52 an der Zahl (!), für die die Hauptstadt von Flämisch-Brabant auch berühmt ist, als sei der Zusammenhang von Universität und Brauerei zwingend – Geist in zwiefacher Gestalt. Dummheit frisst, Intelligenz säuft, hieß es auf den Studentenbuden … Könnte ich heute noch einmal Löwen besuchen, so würde ich mich auch um die Spuren kümmern, die der Patron der studierenden Jugend, der 23-jährig 1591 in Rom an der Pest verstorbene Aloysius von Gonzaga, gerade hier, in einer Hochburg der Jesuiten, hinterlassen hat, wohin – in die Kirche Sint Michiel, die bedeutendste Jesuitenkirche Belgiens – auch eine bedeutende Reliquie des Heiligen gelangt ist. Mein Interesse an meinem Namenspatron ist nämlich erst 40 Jahre nach dieser Reise voll erwacht oder »ausgebrochen« (wie in meinen Büchern

»Aluigis Abbild« und »Lebensreise« zum Ausdruck kommt).

Damals in Löwen – wie auch später manchmal, wenn auch nicht oft – war ich froh, dass ich keiner Polizeistreife und Verkehrskontrolle aufgefallen bin. Eine schon in der Jugend praktizierte defensive Fahrweise hat mich lebenslang vor gröberen Schäden und Unfällen bewahrt, von einer Misshelligkeit und einem Blechschaden in Altötting, von dem noch zu berichten sein wird, abgesehen … Hat mich vielleicht gar mein Namenspatron vor Schaden bewahrt? Inzwischen ist mein Führerschein über 60 Jahre alt und es scheint an der Zeit, dass ich ihn zurückgebe, bevor ihn die Behörde, die schon einmal das Photo, ein »Kinderbild«, beanstandet hat, womöglich einzieht … Als Patron und Schutzheiliger der Reisenden im Allgemeinen und der Autofahrer im Besonderen gilt der heilige Christophorus. Die himmlische Ressortzuständigkeit für Pferde und Reiter liegt bekanntlich beim heiligen Leonhard, dem fränkischen Merowinger aus dem 6. Jahrhundert, zu dessen Ehren an seinem Namenstag, dem 6. November, oder dem darauffolgenden Sonntag landauf, landab Leonhardi-Ritte veranstaltet und dabei Pferd und Reiter mit Weihwasser besprengt und gesegnet werden. Am Christophorus-Sonntag aber spendet der fromme Christ und Autofahrer für jeden unfallfrei gefahrenen Kilometer einen Pfennig, Groschen oder neuerdings Cent zur Unterstützung der MIVA, der Missionsverkehrsarbeitsgemeinschaft mit Sitz in Stadl-Paura …

Ein Nutzfahrzeug für Bauern wie der Citroën in Frankreich war in Österreich der Opel *Rekord*, obwohl er von den Rüsselsheimern sicher nicht so gemeint und gedacht gewesen war ... Mit diesem bei Bauern – jedenfalls bevor die reichen »Großbauern« oder »Stadtbauern«, die weniger durch Ackerbau und Viehzucht als durch den Verkauf von wertvollen Grundstücken in Stadtnähe an Großmärkte reich geworden waren, auf Mercedes umgestiegen sind – beliebten »Kraftwagen« haben diese am Samstag den Welser oder Grieskirchner Ferkelmarkt besucht und beliefert, die »Sausteige« im Kofferraum oder später auf einem Nachläufer (Anhänger). Ein bekannter bairischer Personenname lautet vielsagend *Schweinsteiger*. Einem Fußballspieler, der diesen Namen zu Recht trägt, weicht man allerdings besser aus ... Und dass Opel-Fahrer als Hutträger belächelt werden, hängt vielleicht oder sicher damit zusammen, dass die Bauern immer Hut trugen – den Strohhut im Sommer, um sich vor der Sonne zu schützen, den schweren Veloursḥut beim Kirchen- oder Gasthausbesuch, und den Hut sogar in Gasthäusern bei Zehrungen, das heißt beim *Leichenschmaus*, nicht abnahmen, was ich bei einigen Begräbnissen meiner Innviertler Verwandten erlebte –, also warum nicht auch im Auto! Wenn in Wien ein Opel-Fahrer aus Oberösterreich mit Hut auffällig wurde, weil er etwa im Halteverbot parkte, spotteten die Wiener über den »Provinzler« oder die »Landpomeranze« mit Blick auf die Nummerntafel mit dem großen O: »Typisch *Erdäpfelnummer*!« Den Hut nahm der Bauer nur in der Kirche ab, auf der »Weiberseite« links vom

Mittelgang saßen die »behüteten«, in diesem Sinn die seinerzeit eigentlich privilegierten, wenn auch nicht emanzipierten Frauen. Und bei den Müttern saßen die kleinen Kinder, bis sich die Buben zum Vater auf die Empore setzten, von oben auf das einfache Kirchenvolk herabblickten und sich stolz erwachsen fühlten …

Spott, ausgehend von Autokennzeichen, erlebte ich auch im Saarland. Dort hörte ich den maliziösen Spruch: »Gott schütze uns vor Eis und Schnee, vor SLS und OTW!« SLS steht für *Saarlouis* und OTW für *Ottweiler*. Müsste man nicht einmal wissenschaftlich im Sinne der Völkerpsychologie des Wilhelm Maximilian Wundt (1832–1920) untersuchen, wie es zu den verfestigten Ansichten kommt, dass gewisse Völker oder die Bewohner gewisser Landstriche als gute Autofahrer gelten und andere als schlechte und langsame, ähnlich wie man Liebhaber klassifiziert, als leidenschaftliche, »schneidige« – oder als langweilige, »lahmarschige«? Die Deutschen hielten sich wohl nicht nur für das »Volk der Dichter und Denker«, sondern auch der »Dichter und *Lenker*«. *Führer* ist ja schließlich auch ein Synonym für *Lenker* … Wie oft haben die sogenannten »Staatenlenker« vergessen, die Bremse zu ziehen, elende Kriege begonnen und katastrophale Karambolagen riskiert! Sie haben das Staatswesen an die Wand gefahren! Die »bösen Nachbarn« sagten von den Deutschen auch einmal: »Dichter und *Henker*«! Die Franzosen nannten die Deutschen herablassend und wenig schmeichelhaft *Boche*, was so viel wie »barbarischer Dickschädel« oder

»dreckiger Deutscher« bedeutete. Als ich 1962 nach Deutschland kam, spürte man noch Reste und »Ausläufer« der historischen Aversion zwischen Deutschen und Franzosen, bevor Konrad Adenauer und Charles de Gaulle der sogenannten »Erbfeindschaft« am 6. Juli 1962 überzeugend und symbolträchtig bei einer Friedensmesse im Dom von Reims mit Bruderkuss ein Ende bereiteten, die deutsch-französische Freundschaft ausriefen und besiegelten. Nach der »Erbfeindschaft« die deutsch-französische Freundschaft, die deutsch-französische »Verständigung«. Das Saarland spielte in diesem Prozess eine besondere Rolle.

Auch das Verhältnis zwischen Österreich und Italien war einmal von schier unüberwindlichen Aversionen verpestet gewesen. Andere völkerkundlich ungelöste Autofahrer-Fragen lauten: Warum hupen die Italiener so gerne? Und: Ist das *Folgetonhorn* der deutschen und österreichischen Postautobusse ein später Ausdruck der Romantik (a–fis–a–d)? Dieses *Folgetonhorn* oder auch *Tonfolgehorn* ist ein Privileg der Post, damit sie sich auch auf Bergstrecken oder kurvigen Passstraßen bemerkbar machen und den Gegenverkehr warnen kann. Ein Ärgernis hingegen sind (mir) jene meist jungen Autofahrer, die ihr Autoradio, den Tuner, auf *high*, ja *highest*, stellen und womöglich im Cabrio oder bei geöffnetem Seitenfenster Umwelt und Mitmenschen insultieren, beschallen und belästigen, als sei das Motorengeräusch nicht schon ärgerlich und schlimm genug … Als überflüssig empfinde ich auch jene *dauerhupenden* Konvois oder Corsos von Hochzeitsgästen, jene mit Girlanden geschmückten Autokolonnen nach Trauungen. Ehrt man so mit Krawall die Braut? Indem man die Umwelt belästigt?

Everybody's darling ist der Österreicher auch nicht gerade, wie ich fälschlicherweise gemeint hatte, als ich nach dem Germanistik-Studium von Wien nach Deutschland *ging*, mit dem positiven Nebeneffekt, dass ich so der Wehrpflicht in Österreich *entging*. Als ich aber »repatriierte«, also nach Österreich *zurückging*, war ich als Soldat nicht mehr zu gebrauchen, obwohl ich bei der Assentierung in Wels im Jahr 1956 für tauglich befunden worden war. *Assentieren* verzeichnet das Fremdwörterbuch als *veraltet* und österreichisch, sozusagen »typisch österreichisch«, für Wehrtauglichkeitsprüfung, auch *Musterung*. Eine peinliche Prozedur, bei der man nackt vor einer Kommission von Militärs und Ärzten defilieren musste. Hinter den Medizinern aber saßen die Bürgermeister jener Gemeinden, aus denen die Rekruten kamen. Die Unbeliebtheit des Österreichers, von der Franz Grillparzer in »König Ottokars Glück und Ende« offenbar noch nichts wusste, habe ich in einem saarländischen Lesebuch des dortigen Schriftstellerverbandes nach einem eigenen Erlebnis, einer wüsten Beschimpfung der »Ösis« in einem Wirtshaus in Scheidt bei Saarbrücken, zum Thema gemacht und beschrieben. Auf Wikipedia steht zu lesen: »*Kamerad Schnürschuh* wurden die österreichischen Soldaten im Ersten Weltkrieg von ihren deutschen Kollegen abschätzig und verächtlich genannt, da sie *geschnürte* und keine geschlossenen Stiefel, sogenannte *Knobel-*

becher, wie die deutschen Soldaten trugen.« Ich empfinde Deutschland gegenüber, wo ich dreizehn Jahre – »dreizehn nicht unglückliche Jahre« war der Titel meines Beitrags im erwähnten Lesebuch des Schriftstellerverbandes – als Assistent und nach der Habilitation als Wissenschaftlicher Rat und Professor »gedient« oder auch ein wenig »geherrscht« habe, große Dankbarkeit, auch deswegen, weil ich nun schon seit über fünfzehn Jahren monatlich eine »Rente«, wie die Deutschen sagen, eine Pension, wie es hierzulande heißt, beziehe.

Knobelbecher gegen *Schnürschuh*: 1971 ist das Buch »Der Feuerkreis« von Hans Lebert erschienen. Leider habe ich es erst sehr viel später, aufmerksam geworden auch durch Elfriede Jelineks »überschwängliches« und voll gerechtfertigtes Lob, zur Kenntnis genommen und gelesen. Es ist wahrlich ein Meisterstück und ein Schlüsselwerk über das prekäre Verhältnis der Österreicher zu den Deutschen, die den »Obertrottel Oberösterreichs« zu ihrem Führer gemacht haben. Captain Jerschek, ein nach London emigrierter Österreicher, der mit den Alliierten gegen Nazideutschland gekämpft hat, kehrt nach 1945 nach Österreich zurück und gerät hier in seinem Elternhaus mit seiner Halbschwester Hilde, die nicht nur im BDM (Bund deutscher Mädchen), sondern sogar bei der SS war, und ihrem Liebhaber *Max Hindler* (Hitler und Himmler in einem …) in Konflikt.

Wie zur Erholung nach dem großen Ernst von Hans Leberts »Feuerkreis« habe ich mit heiterem Vergnügen ein Gedicht Christine Nöstlingers über den Unterschied zwischen dem Deutsch der Deutschen und dem Deutsch der Österreicher gelesen, ein Gedicht über die oft zitierten Differenzen in den beiden »Regionalvarietäten«, »Standardvarietät und österreichisches Deutsch«: *Ribisel* gegen *Johannisbeeren*, *Knödel* gegen *Klöße*, et cetera et cetera. In der Schlussstrophe des Nöstlinger-Gedichts aber heißt es, dass wir doch letztlich vieles gemeinsam haben, und es folgt eine längere Liste von Anglizismen oder Amerikanismen… Es heißt, dass die Österreicher und besonders die Wiener gern, auch über sich selbst, raunzen und quengeln. Wehe dem Fremden aber, der ihnen womöglich zustimmt! Elegant hat sich Thomas Bernhard in seinem Roman »Holzfällen« aus der Affäre gezogen, indem er nach herrlichem, boshaftem Spott über die Österreicher und auch Kollegen und Kolleginnen einbekennt, er sei ja selbst der Schlimmste. Raimund Fellinger, der Herausgeber des Buches »Thomas Bernhard für Boshafte« im Insel Verlag, spricht im Nachwort von der »Selbstrelativierung als Resultat des ›Verstandes, den man hat‹«. Bernhard, der boshafte, weniger bösartige – ein typisch österreichischer Dichter? Ein österreichischer Dichter, der mit Österreich nichts zu tun haben will…

In Genua, wo ich an der Universität als Gast über die österreichische Gegenwartsliteratur ein kurzes Semester lang unterrichtete, habe ich Merkwürdiges über den Gegensatz von deutschem Deutsch und österreichischem Deutsch erfahren. Dort haben Lehrende des »Goethe-Instituts« italienische Germanistikstudenten davor gewarnt, am Österreichischen Kulturinstitut die deutsche Sprache lernen zu wollen. Das wahre und richtige Deutsch, eben »Hochdeutsch«, könne man nur bei den autochthonen Deutschen am Goethe-Institut lernen. Das deutsche Wort *Dünkel* kommt von *dünken,* »scheinen, den Anschein haben«, und ist dem Etymologischen Wörterbuch zufolge eine schwundstufige Ableitung von *denken*, verwandt mit englisch *think. Dünkel* ist »eingebildeter Stolz, vermeintliche Überlegenheit«. Ursprünglich habe es auch nur »subjektive Meinung, Vorstellung« bedeutet. Die neue Gestalt nach dem älteren mittelhochdeutschen *dunc* – »das Bedünken« und seine pejorative Bedeutung – verdankt es dem Reformator und großen Sprachreformer Martin Luther.

Der Dünkel spielt auch bei Autonarren eine unrühmliche Rolle. Autos sind ja auch immer *Statussymbole.* Man fühlt sich gut und wichtig, wenn man ein teures, möglichst ausländisches Auto sein Eigen nennt. Die vielen Pferdestärken sollen imponieren. Und ein Auto mit einem besonderen *Kennzeichen* und einer niedrigen Zahl auf der Nummerntafel sollte Ansehen und Respekt für die VIPs erzeugen. Und auch »Nachsicht« bei der Polizei… Als sich Österreich auf neue EU-einheitliche Kennzeichen umstellte, war das Interesse an außerordentlichen Buchstaben und Zahlenkombinationen groß. Viele wollten auch absonderliche, einige auch prekäre, sogar obszöne oder ironische Wörter oder Abkürzungen auf ihrem Kennzeichen, der »Nummerntafel«, sehen. Natürlich achtet das Verkehrsamt darauf, dass nicht gegen die sogenannten guten Sitten verstoßen wird. Gegen Firmennamen, sozusagen »Produktwerbung« auf dem Nummernschild, gibt es keine Einwände, auch nicht gegen Personennamen, etwa auch den Kosenamen der Geliebten oder der Gattin. Einige haben angeblich nach einer Scheidung um ein neues Nummernschild angesucht … Reichsbürger, Identitäre und Impfverweigerer wollen sich gern auch auf diesem Gebiet hervortun und öffentlich zeigen, wes Geistes (oder Ungeistes …) Kind sie sind. Das reicht bis zur »Wiederbetätigung«. Manche Abkürzungen und auch Zahlen auf *Wunschkennzeichen* sind nur für »Eingeweihte« und »Gleichgesinnte« verständlich und aussagekräftig, auch Zahlen, Jahreszahlen wie etwa 1889 (Geburtsjahr des Unseligen) oder andere »Symbolzahlen« und Chiffren. Die Behörde verlangt vom Antragssteller für ein Wunschkennzeichen laut Formular die Einhaltung einer großen Anzahl von Bestimmungen und Vorschriften, von Fristen, und kennt auch den Ablauf von Genehmigungen, den »Verfall«. Und sie verlangt Gebühren, nicht wenige. So ist die Wunschkennzeichenvergabe zu einem lukrativen Geschäft für den Fiskus geworden. Die Willigen lassen es sich gern etwas kosten. Doch es regte sich auch Widerstand. Vor allem prominente Konservative, allen voran der Maler Friedensreich *Hundertwasser* (Stowasser), sprachen sich vehement dafür aus, die alten schwarzen Tafeln beizubehalten. Sie hätten, hieß es, Identität gestiftet. Sie seien in Europa etwas Einmaliges und Eigenartiges und Unverwechselbares. Für die neuen hellen Tafeln galt vielleicht auch das Wort Nestroys: Überhaupt hat der Fortschritt das an sich, dass er viel größer ausschaut, als er wirklich ist …

Über den autospezifischen Dünkel und das Imponiergehabe der Jeunesse dorée im Zusammenhang mit hohen PS-Zahlen hat Helmut Qualtinger »Der Papa wird's schon richten«, den kabarettistischen Klassiker von Gerhard Bronner, gesungen:

Do nailich, da sitzma in da Eden und redn / Da Gießhübl, da Puntigam und i / Ma red so, und wos soll ich ihnen sogn, vom Wogn / Und wos ma schon so red um zwei Uhr früh!

Die Weiber, die hamma schon nach Haus expediert / Mir worn schon, wie ma so sogt, »Après« / Und weil ma daun trist und a bissl nochdenklich wird / Passiert's, dass ma richtiggehend philosophiert / Das is schon so, bei der Jeunesse dorée!

Auf einmal sogt mir da Puntigam: / »Sog, wos is woah aun dem Tamtam / I hob do sowas aufgeschnappt / Du hättest einen Unfall ghabt?«

Drauf sog ich: »Es is nix passiert! / Mei Porsche is scho repariert! / Nur leider ist mir ein Passant / Bevor er gstorbn is, einegrannt!«

Da mischt der Gießhübl sich ein: / »Na, was is jetzt mit deim Führerschein?« / »Nojo!«, sag ich, »Nojo, was soll schon sein? / Da Papa wird's scho richtn.«

Im narrativen Rückwärtsgang zurück zu den Autonamen: Der amerikanischen Automarke *Jeep* ist gelungen, was sich jede Industrie nur wünschen kann. Dass nämlich der Eigenname eines Produkts zu einer

Gattungsbezeichnung wird. So wurde *Jeep* zu einer Bezeichnung für einen gewissen Typ von Auto. Nicht nur *Jeep* erzeugt *Jeeps*, auch andere Hersteller stellen Jeeps her. So wie etwa auf dem Gebiet der Kleidung, der »Beinkleider«, wie man früher sagte, also der Hosen, das Wort *Jeans* Synonym für eine ungebügelte, ja unbügelbare rauhleinerne oder »rupferne« Hose ohne Bügelfalte geworden ist, ob sie nun *blue*, also blau ist, wie ursprünglich von Levi Strauss, ihrem Erfinder, gedacht und verwirklicht, also aus Blauleinen besteht, oder später in anderen Farben, vor allem schwarzem Baumwollstoff (Black Jeans), hergestellt wurde. Durchlöchert, ja buchstäblich zerfetzt, waren die Jeans ursprünglich natürlich nicht, wie sie heute Jugendliche, Burschen wie Mädchen, lieben. Es gibt in deutschen Warenhäusern auch »schwarze Bluejeans«, also den »schwarzen Schimmel«, die »Contradictio in adjecto«, das »runde Quadrat« der Logik… Eine zusätzliche Qualität von Robustheit bekamen die Goldgräberhosen des aus Deutschland stammenden genialen Löb Strauss, der sich in Amerika Levi nannte, durch Nieten an den neuralgischen Stellen. Ich habe in meinem Buch »Lebenszeichen« ein ähnliches Beispiel aus dem Ernährungssektor beschrieben, nämlich den Fall der Suppenwürze Maggi, bei der auch der Produktname zu einem Gattungsnamen wurde, sodass andere, spätere Suppenwürzehersteller sich den Namen Maggi ausliehen, oder mindestens Konsumenten und Konsumentinnen im Geschäft »Maggi von Knorr« verlangten, wie ich es bei unserem Nachbarn in der Gemischtwarenhandlung Kaser einmal erlebte. Dort verlangte auch einmal ein junges Mädchen, die Tochter eines Gastwirtes, eine *Hühneraugensuppe* (sic!), weil ihr das Produkt *Goldaugensuppe* von Knorr und die *Hühnersuppe* offensichtlich durcheinandergekommen waren. Noch heute schäme ich mich dafür, dass der Sohn des Geschäftsinhabers, mein bester Freund Josef, und ich sie deswegen ausgelacht haben … Ist freilich verjährt, der »Kramer Sepp« liegt schon lange auf dem Thalheimer Friedhof, ich treibe mein ironisches Unwesen noch eine Weile, so G. will …

Ähnlich weit wie Maggi, vielleicht weltweit, hat es in Österreich, jedenfalls in Oberösterreich, bei den Motorrädern die Marke PUCH aus Steyr gebracht. So fuhren die Söhne der reicheren Bauern ein Motorrad, eine BMW oder NSU, die Söhne der Kleinhäusler aber eine Puch oder, wenn es sich um die kleine Puch 125 handelte, ein »Pucherl«, auch »Spuckerl« genannt. Der gebräuchliche Ausdruck für ein Motorrad war übrigens *Maschin*, wie Helmut Qualtinger als »Halbstarker« in einem seiner klassischen Lieder den »Wilden mit seiner Maschin« besingt, der sich an Marlon Brando und dem Film »The Wild One« »orientiert« … Ins Hochdeutsche lässt sich dieses *Maschin* aber nicht als *Maschine* übertragen. Das ausgefallene, »synkopierte« e der Endung macht den Unterschied … In der bairisch-österreichischen Mundart heißt es schließlich auch nicht Motorrad, sondern *Motorradl*, wie auch das Fahrrad *Fahrradl* heißt. Bei diesem *Radl* handelt es sich um ein sogenanntes »festes Diminutiv«, eine Verkleinerungsform, die das Positiv, die »Ansageform«, ersetzt und verdrängt. Ich habe in der »Zeitschrift für Mundartkunde« meinen ersten größeren wissenschaftlichen Aufsatz über »feste Diminutive« geschrieben. So wird auch das größte Rad, das Riesenrad im Prater, zum *Riesenradl* ... Eigentlich ein »Widerspruch in sich«. Dass die *Wade* in der Mundart *Wadl* heißt, ist sozusagen logisch, auch dass die *Wange Wangerl* heißt, denn diese Körperteile sind auch im Extremfall noch relativ klein. Wendelin Schmidt-Dengler hat in einem Vortrag über österreichisches Deutsch auf diesen Hang zum Verniedlichen aufmerksam gemacht, und darauf, dass die Österreicher sogar das Kunststück zuwege bringen, einen Kommunisten *Kummerl* zu nennen. Die Nähe zu *Kümmerer* ist unüberhörbar ...

Ein industrielles Produkt flößt mir, dem Technikamateur, ähnlichen Respekt ein wie *Maggi* auf dem Ernährungssektor: Ich spreche von den Hochdruckreinigern der Marke *Kärcher*, die den Markt beherrscht. Auch sie hat es so weit gebracht, dass die Tätigkeit, die mit ihren Geräten ausgeführt wird, zu einem wörterbuchverzeichneten, sozusagen börsenotierten Verbum geworden ist: *kärchern* = »mit dem Hochdruckreiniger arbeiten«. Man kann also auch mit Hochdruckreinigern der Marken Vonroc, Stanley oder Kränzle »kärchern« ... Bei Rostschäden an metallischen Gegenständen wie Autos ist mit *Kärchern* natürlich nichts mehr auszurichten. Da hilft nur noch das Sandstrahlgebläse. Einen »Hochdruckreiniger« möchte man sich im Mentalen auch für die Beseitigung von moralischen und ethischen Altlasten und hartnäckigen Lastern bei sich und vor allem unliebsamen Zeitgenossen wünschen. Denen muss man aber leider anders, nämlich behutsam und mental, beikommen, durch klärende Gespräche mit Pädagogen, Psychologen, Psychiatern – oder Seelsorgern in den Kriseninterventionszentren?

Was den *Rubicon* betrifft: Es gibt wie so oft in den USA – etwa überzeugend abzulesen am Namen der Metropole *New York City*, der sich dem europäischen York verdankt, wiewohl die Stadt, bevor die Briten kamen, *Nieuw Amsterdam* hieß – die weitverbreitete topographische Neigung, vor allem europäische, aber auch asiatische oder afrikanische Ortsnamen, versehen, wie im Falle New Yorks, mit einem zusätzlichen, vorangestellten New (Nieuw) »nachzuahmen«, oft wohl auch aus Nostalgie der neuen Siedler in Erinnerung an ihre geographische Herkunft und ihre »alte« Heimat. Es gibt in den USA wahrlich viele *Viennas* und *Paris'*, *Athens'* und *Romes* … Das gilt wohl auch für den ausgeborgten Namen *Rubicon*, der in den Staaten einen historischen Postweg, einen *Trail* am Lake Tahoe nach Georgetown im US-Staat Nevada, bezeichnet. Auf YouTube kann man sehen, wie der Jeep Wrangler *Rubicon* diese extreme, 40 Kilometer lange Rumpelpiste über Stock und Stein bewältigt. Der Vergleichsparameter zwischen dem italienischen *Rubicone* und dem Automodell *Rubicon* liegt wohl darin, dass es sich in beiden Fällen um die Bewältigung schier unüberwindlicher Hindernisse handelt.

Es war allerdings nicht das erste Mal, dass mich eine Automarke ins Grübeln brachte. So hatte ich mir einmal Gedanken gemacht, als ich auf Autos als Emblem den Namen *Picasso* sah, und zwar als Schriftzug in der Art, wie der große spanisch-französische Maler Pablo Picasso seine Bilder signierte, also als Autogramm auf dem Automobil … Ich weiß ja nicht, ob Picasso zu Autos oder einer bestimmten Marke eine besondere Beziehung hatte, seinen Namen haben ja wohl die Erben postum dem französischen Autohersteller Citroën »gegeben« und dabei vermutlich mehr lukriert als vielleicht nur einen *Citroën Picasso* als »Belegexemplar«. Eine besondere Beziehung zu Autos, insbesondere zur Nobelmarke Bugatti, hatte die Malerin des Art Déco Tamara de Lempicka. Ihr berühmtes Selbstporträt zeigt sie in ihrem laubfroschgrünen »Luxusschlitten«, aus dem sie mondän und ein wenig verrucht auf den Betrachter blickt. Ist sie gerade eingestiegen oder schickt sie sich an auszusteigen, um einen ihrer vielen Verehrer zu besuchen?

Wenn von prominenten Autofahrern, ja »Autonarren«, die Rede ist, dann ist Bertolt Brecht eine erste Adresse. In der Bildmonographie von Marianne Kesting zeigt eine Photographie »Brecht in seinem Ford 1936 in Dänemark«. Er sitzt am Steuer, trägt die bekannte Schiebermütze, eine Brille und raucht Pfeife! Das dazugehörige Kinder-Alphabet-Gedicht lautet: »Ford hat ein Auto gebaut/ Das fährt ein wenig laut/ Es ist nicht wasserdicht/ Und fährt auch manchmal nicht.« Dieser Ford war aber nicht Brechts erstes Automobil. Bekanntlich hat er schon 1929 für ein Gedicht, in dem er nicht nur für die Mobilität, sondern recht konkret für ein Auto der österreichischen Marke Steyr Werbung, »Schleichwerbung«, machte, von den lauthals Gelobten ein Auto dieser Marke geschenkt bekommen. Und nachdem er dieses nach kurzer Zeit an einem Baum zuschanden gefahren hatte (Totalschaden und Knieverletzungen) – von Airbag, Knautschzone oder Anschnallgurten war damals ja noch keine Rede –, bekam er noch ein zweites gratis. Damals also galt das Wort der Dichter noch etwas.

Der englische Nobelpreisträger Rudyard Kipling entschied sich früh für einen *Rolls-Royce Silver Ghost*. Thomas Mann schaffte sich zunächst einen Achtzylinder von Fiat an. Später war eine Limousine von Mercedes drin, und Françoise Sagan kaufte sich nach dem Sensationserfolg von »Bonjour Tristesse« einen Jaguar XK 140. *Bonjour Noblesse …*

Kein Glück, ja das allergrößte Unglück, brachte, »bescherte« der Gewinn eines Autos einem 17-jährigen Kärntner aus Krumpendorf, Herbert Lodron. Bei seiner ersten Ausfahrt mit dem gewonnenen VW (leider ohne Führerschein) kam er von der Straße ab und stürzte in einen Graben. Dabei zog er sich eine Querschnittlähmung zu und musste die 19 Jahre, die er noch zu leben hatte, in einem Zimmer in der Sölde seiner Eltern, die die Mutter umsichtig mit einem Spezialbett eingerichtet hatte, verbringen. Dort hatte er ein Telefon und auch einen Fernseher und vor allem einen kleinen Aufbau über dem Krankenbett, auf dem eine Schreibmaschine stand, wo er seine Schreibarbeiten erledigen konnte. Er war oder wurde nämlich Schriftsteller und Literaturkritiker, und hatte in den »Presse«-Redakteurinnen Ilse Leitenberger und Pia Maria Plechl um ihn rührend besorgte Förderinnen. Ich besuchte ihn öfters, meist zusammen mit Günter Kanzian, dem Herausgeber der Literaturzeitschrift *Fidibus* des Kärntner Bildungswerkes, in seiner »Matratzengruft«, wie er sein Zimmer selbst mit einem Wort Heinrich Heines gern benannte. Bei einem meiner letzten Besuche schenkte er mir sein im Verlag Johannes Heyn 1978 herausgekommenes Buch »Dunkle Wege«, mit einem Umschlag, den der Klagenfurter Cartoonist Kurt Piber gestaltet hat. Die Widmung lautet: »Für A. B. mit den besten Wünschen für helle Lebenswege, Herbert Lodron, 16. 9. 79«.

Verglichen mit ihm hatte ich wirklich *helle* Lebenswege, auch in der *Nachspielzeit*, die ich im Buch »Lebensreise« beschrieben habe. Es gilt aber sicher auch hier, dass in Autobiographien viel verschwiegen oder beschönigt, Kritiker sagen auch gern: gelogen wird. Einmal erzählte Herbert Lodron mir, dass ihn der Krumpendorfer Ortspfarrer in der Fastenzeit besucht und ihm die Kommunion gespendet habe. Eine Osterbeichte abzulegen, erübrige sich in seinem Fall, sagte Herbert schmunzelnd, einem Bettlägerigen sei die Möglichkeit zu sündigen ja leider weitgehend genommen … Sehr zu denken gibt mir auch das Motto, ein Satz aus Jean Pauls »Quintus Fixlein«, das er, der ans Bett Gefesselte, seinem Buch »Dunkle Wege« vorangestellt hat: »Und ich ging ohne Ziel durch Wälder, durch Täler und über Bäche und durch schlafende Dörfer, um die große Nacht zu genießen wie einen Tag.« Für ihn war wirklich zur Unzeit die Nacht angebrochen, »da niemand mehr wirken kann«, nach dem Wort Jesu im Johannes-Evangelium. Zu den letzten Allerheiligen besuchte ich erstmals das Grab der

Lodrons in Pirk bei Krumpendorf. Traurig stellte ich fest, dass man auf dem Grabstein des Familiengrabes nicht einmal seinen Namen »eingetragen« hat...

Der wohl häufigste und populärste Personen- oder Familienname, der auch als Markenname dient, ist sicher *Ford*, nach dem Autohersteller Henry Ford (1863–1947), dem Erfinder der Fließbandarbeit und dem eigentlichen Verwirklicher des Gedankens eines »Volkswagens«. Vorher waren Automobile ja eher kuriose Nachahmungen von Pferdekutschen für Reiche, motorisierte Landauer, von der Nachwelt heute als Oldtimer geliebt und bewundert. In meiner Jugend hießen Pkw (»Personenkraftwagen«) aber immer noch »Luxusauto«, im Gegensatz zu den Nutzfahrzeugen, den Liefer- und Lastwagen und Traktoren. Heute ist ja wohl auch das Wort *Kraftwagen* aus der Mode gekommen... Nur die Leistungsangaben in PS (»Pferdestärken«) haben sich gehalten. Wie stark Pferde wirklich sein können, das haben wir als Kinder auf dem Land oft erlebt, etwa auch damals, als die Rösser des Mikl-Bauern die Dreschmaschine, ein schweres Ungetüm, die hinter einem Traktor in den Straßengraben gerutscht war, wobei die Räder des hilflosen Traktors durchdrehten, aus eigener Kraft herauszogen. Ziehen, nicht reißen... Damals hieß der Sieger im Kampf »Ross gegen Traktor«, von dem der expressionistische Bauerndichter Richard Billinger schreibt, Ross, also Pferd...

Eine besondere Geschichte ist – und hat natürlich der Autoname *Mercedes* nach dem französischen

Mädchennamen *Mercédès*. Er ist nicht die Verbeugung vor einer Tochter des Gottfried Daimler oder des Carl Benz, wie man oft meint, sondern vor der Tochter des österreichischen Autohändlers Emil Jellinek. Unter dem Pseudonym *Mercedes* nahm der sportbegeisterte österreichische Geschäftsmann in Frankreich an Rennen teil. Der Name geht also auf Jellineks 1889 geborene Tochter Mercédès Adrienne Ramona Manuela zurück. Ein Mädchenname für ein Auto, obwohl doch die Autobranche extrem männerdominiert ist! Zeichen des schlechten Gewissens der Alphatiere, Patriarchen und »weißen Männer«?

Es muss eine Zeit gegeben haben, wo man sich über einen Mädchen- oder Frauennamen für ein Auto wunderte. Inzwischen ist es eher so, dass man sich über ein Mädchen wundert, das *Mercedes* heißt. Wenn Eltern ihr Mädchen auf den Namen Mercedes taufen lassen wollten und dem Geistlichen (einst lateinisch *Baptisans*, »Taufpriester«, genannt) den Namenswunsch mitteilten, konnte es sein, dass er zu bedenken gab, dass dies nicht der Name einer Heiligen, sondern eine Automarke sei, und ob sie nicht erlaubten, dass er von sich aus mindestens einen Namen einer Kanonisierten hinzufügen dürfe, etwa Katharina (Katharina von Siena) oder Elisabeth (Elisabeth von Thüringen), damit der Täufling (die *Täuflingin*?) eine himmlische Patronin habe. So war es einmal. Heute ist alles anders … Man erinnert sich an jenen breit kolportierten Streit, den in Bayern ein Vater prozessiert hat, der seinen Sohn *Pumuckl* taufen lassen wollte. Das ist nun wirklich kein Name aus dem Heiligenregister oder dem »Martyrologium«, sondern der Name eines Kobolds. Eigentlich und genau genommen ist *Mercedes* ja der Plural des lateinischen *merces, mercedis,* femininum, und hieße, wörtlich übersetzt, »Löhne, Vergütungen«. Ein Wort, das weniger dem Katholizismus als dem Kapitalismus gut ansteht. Weit haben es die Autohersteller aus Stuttgart-Untertürkheim gebracht, dass ihr Produkt Synonym für etwas Luxuriöses und Erlesenes geworden ist! So sagt man von etwas Besonderem, dies oder jenes sei der Mercedes seiner Gattung. Einer meiner Stammtischbrüder im Café »Goldener Brunnen« der Diakonie, ein pensionierter Englisch-Professor, sagte, als ich ihm mein neues teures Hörgerät zeigte, diese Marke sei der Mercedes unter den *hearing aids* …

Da kann nur noch Rolls-Royce mithalten. Immer bleibt mir in Erinnerung, wie der Maler Ernst Fuchs, nachdem er in der Sakristei der Stadtpfarrkirche St. Egid in Klagenfurt an der Apokalypse gemalt hatte, bei einem unserer gemeinsamen Mittagessen im Pfarrhof des Msgr. Markus Mairitsch von seinem Rolls-Royce schwärmte, den er in Monte Carlo, an seinem Zweitwohnsitz, geparkt hatte. Er hatte zum Opulenten, Exquisiten und Außerordentlichen ein geradezu kindliches, »unschuldiges« Verhältnis. Als er einmal im Münchner Hotel »Bayerischer Hof« Speisen vergoldete, hat er es freilich ein wenig übertrieben. Man hat es ihm im Hinblick auf den Hunger in der Welt übelgenommen. Vielleicht hat er auch ein wenig übertrieben, als er als 82-Jähriger, also genau so alt wie ich jetzt (2021), eine vierte Ehe einging. *Requiescat in pace*, in seinem blitzblauen Sarg auf dem Friedhof in Penzing in Wien. Er war ein inkarnierter Superlativ. Auch was die Zahl seiner Kinder betraf…

Eigentlich müssten Autos doch alle nach Marcus benannt sein, nach Siegfried Marcus (1831–1898) nämlich, dem Sohn eines wohlhabenden jüdischen Gemeindevorstehers aus Malchin in Mecklenburg, der als 21-Jähriger nach Wien kam, sich aber zeitlebens ganz als Österreicher fühlte. Ganz sicher hat er auch ein österreichisches Erfinderschicksal erlebt, wenn auch nicht gerade erlitten. Verblüfft und staunend standen wir Gymnasiasten des Bundesrealgymnasiums in der Schauerstraße in Wels 1956 im Rahmen der Aktion »Österreichs Jugend lernt Wien kennen« vor dem »Urauto«, dem archaischen Vehikel des Siegfried Marcus im Technischen Museum, das einer motorisierten Kutsche gleicht. Marcus, der auch mit Werner von Siemens und anderen Größen der Technikgeschichte in Verbindung stand, gilt als der Entdecker des Benzins als geeignetstem Treibstoff, erfand den Vergaser und die magnetisch-elektrische Zündung und, und, und… Unser Klassenvorstand Karl Wolf war auch unser Lateinlehrer, er war kein Techniker, aber an Technik sehr interessiert. Von ihm erfuhren wir angesichts des im Technischen Museum von der Decke hängenden vorsintflutlichen Flugzeugs, was *Aeroplan* eigentlich heißt und bedeutet, was *Energie* oder *Dynamo*, und dass das Wort *Automobil* zur Hälfte griechisch und zur Hälfte lateinisch ist. Mein Nachbar Werner Brunner, pensionierter Schuldirektor und Absolvent des Bischöflichen Gymnasiums Tanzenberg mit Latein als Pflicht- und Griechisch als Wahlfach, erzählte mir, dass sie als Humanisten die merkwürdige linguistische Sache so »bereinigt« hätten, dass sie zwei Neologismen für das Vehikel »erfanden«: *Autokineto* und *Ipsemobil* …

Das Grundwort des griechischen Kompositums kommt also von *kineo*, »bewegen« – ein Begriff, der den meisten vom Fremdwort »kinetisch« her bekannt ist. Das englische *Car* aber, das an das deutsche *Karren* erinnert, haben die stolzen Humanisten belächelt … Neugriechisch heißt das Automobil demzufolge *Autokineto*.

Nie hätte ich als Kind etwas anderes für möglich gehalten, als dass die katholischen Italiener ihre Automarke Fiat nach der Vaterunserbitte *Fiat voluntas tua sicut in caelo et in terra* benannt haben, sozusagen als frommen Wunsch. Vielleicht auch eine Art kirchlicher Kasko-Versicherung gegen Unfälle … Erst jetzt weiß ich, wieder durch Google eines Besseren belehrt, dass es sich auch bei Fiat wieder einmal um ein *Akronym* handelt, also ein Wort, das aus den Anfangsbuchstaben mehrerer Wörter besteht. Und dass mehrere »selbständig agierende Töchter« unter diesem Fiat-Chrysler-Dach zusammengehören: Chrysler, Peugeot, Citroën, Opel, Ram, Ferrari etc. … FIAT aber muss man entschlüsseln als *Fabbrica Italiana Automobili Torino*. Es findet oder fand ein dauerndes Fusionieren von Autoerzeugern statt, sodass ein Fachfremder wie ich leicht den Überblick verliert. Die wahrlich komplexe Situation der Zusammenschlüsse ist in den Akronymen PSA (*Peugeot Société Anonyme*) und SCA und schließlich zu STELLANTIS (von lateinisch *stellare*, »mit Sternen besetzen«) übersichtlich oder eigentlich unübersichtlich und unübersehbar zusammengefasst: Die 14 zugehörigen Marken haben durchschnittlich einen Jahresumsatz von 180 Milliarden Euro, heißt es einschüchternd im Wörterbuchartikel …

Eine der kuriosesten Geschichten rund um Autobezeichnungen ist die Namensgebung der japanischen Marke Mitsubishi für ihr Geländefahrzeug: *Pajero*. Man hatte wohl nicht bedacht – oder gewusst –, als man diesen Namen wählte, dass *Pajero* im Spanischen ein obszönes Wort ist. Es bedeutet – *sit venia verbo* – »Wichser«. So nannte man den *Pajero* für den spanischen und südamerikanischen Markt *Montero*. Gegen *Montero*, »Jäger«, ursprünglich wohl »Gebirgsjäger«, konnte niemand etwas haben und sagen. In Fremdsprachen zu dilettieren, kann gefährlich sein, gleich dreizehn Fälle von misslungenen Nominationen konnte ich recherchieren. Fall 1 geht einem Kärntner natürlich mundartlich besonders nahe, nämlich Dacias *Dokker*, weil *Docker* hierzulande »Trottel« bedeutet. Dasselbe Schicksal erlitt Fiat mit *Uno* in Finnland, da *uno* im Finnischen »Dummkopf« bedeutet. Honda hat *Fitta* auf *Fit* umbenannt, weil *fitta* im Schwedischen »Vulva« bedeutet, Mazda musste seinen *Laputa* umbenennen, weil *la puta* im Spanischen »die Hure« ist. Mit seinem *Pinto* hatte Ford in Portugal einen Crash erlitten, weil *pinto* im Portugiesischen »kleiner Penis« bedeutet. Die Serben hat dasselbe Unternehmen mit seinem *Kuga* entsetzt, weil *kuga* »Pest« bedeutet. Und so fort. Ist es ein belangloser Zufall, dass gerade das Wortfeld des Sexuellen, Erotischen, ja Obszönen bei diesen linguistischen »Unfällen« so stark vertreten ist? Wohl kaum! Oder hängt dies damit zusammen, dass Männer an sich, und besonders die, die in der Produktion von Autos und in der Werbung den Ton angeben, wie eine boshafte, aber vermutlich realistische Kabarettistin singt, »schwanzgesteuert« sind? »Ich misstraue jedem nichtsexuellen Gedanken …« Dieser pessimistische Aphorismus, den ich in meinem Buch »Kummer ade!« zitiere, stammt vom rumänisch-französischen Philosophen Emil Cioran. Dort habe ich auch erwähnt, dass Mesner oft nach Schulmessen an Kirchenbänken mit obszönen Zeichnungen und eingeritzten »Inskriptionen« konfrontiert sind, die sie entfernen, oder, wenn dies nicht ohne weiteres möglich ist, durch eine Ergänzung »neutralisieren« müssen. Und es ist gerade das griechische Wort AUTO, das sich anbietet und eignet, um ein gefährliches deutsches Wort zu verdecken und zu verstecken … *Kyrie eleison*!

In der Werbung für Autos spielen Frauen natürlich eine große, ja die Hauptrolle, wenn man nur an die Hostessen an den Verkaufsständen, die Missen bei den Messen, oder gar an jene Models aus der Werbung denkt, die sich auf Kühlerhauben räkeln oder Piloten von Rennautos bzw. die Boliden selbst umschwärmen. Kein Wunder, dass Feministinnen mit diesen Werbestrategien unzufrieden sind … Es gibt ja auch kaum Rennfahrerinnen. Es spricht aber für Frauen, dass sie an diesem gefährlichen und mörderischen Unfug, diesem anachronistischen und atavistischen Verstoß gegen jeglichen Umweltschutzgedanken, nicht aktiv teilnehmen und mitmachen. Mögen sie auch von verständnislosen Machos als Heimchen am Herd angesehen werden. Auch der Boxsport sollte eher nur von Männern geübt werden, denen an ihrer Gesundheit und ihren Ganglien wenig liegt … Schispringen und Fußballspielen können Frauen so gut wie Männer, wenn sie auch bis auf weiteres gendermäßig getrennt agieren … Ein Ziel für die Zukunft mag die Interaktion und das »Zusammenspiel« der Geschlechter sein. Gemischtes Doppel im Partnerlook …

Es gibt natürlich wie immer Ausnahmen, also Frauen, die das Autofahren so gut oder auch besser als die Männer beherrschen. Die Frau des Autopioniers Botho von Coreth war die erste Frau in Österreich, die einen Führerschein »machte«. In meiner Herkunftsgemeinde Pichl bei Wels gab es aber eine Spediteurin, Frau Antonia Eisenkeck, die schwere Lastautos fuhr, was seinerzeit eine besondere Leistung und Anstrengung bedeutete, weil das System der Lenkhilfen noch nicht so entwickelt war. Eine Ausnahme war auch die Klagenfurterin Mercedes Stermitz, die Miss Austria 1983, die auch an Miss-Universum-Wahlen teilgenommen hatte und sich später bei den von Männern und Machos dominierten, das heißt *beherrschten* Autorennen einige Zeit lang als Fahrerin für Alfa Romeo, später Porsche, gut behauptete, bis sie sich 1993 bedauerlicherweise bei einem Unfall auf einer Bundesstraße, den sie durch Schnellfahren und ein riskantes Überholmanöver selbst verschuldet hatte, so schwer verletzte, dass dies das Ende ihrer

Karriere sowohl als Rennfahrerin wie auch als Model bedeutete …

»Reduziert uns nicht auf Bikini und viel Haut« lautete die Überschrift eines Artikels im Sportteil der »Kleinen Zeitung« am 8. März 2022, dem Internationalen Frauentag, Untertitel: *Sexismus im Sport*. Im Automobilrennsport spielen Frauen, nein Mädchen, eine zu Recht von Feministinnen kritisch gesehene »Nebenrolle« als »*Grid-Girls*, auch *Pit-Babes*, *Umbrellas* oder *Paddock-Girls*«. Wikipedia versteht darunter Hostessen, die als fester Bestandteil des Streckenpersonals im Motorsport zu Promotionszwecken eingesetzt werden. »Die offizielle Aufgabe eines Grid-Girls besteht darin, auf dem sogenannten Starting-Grid einen Schirm über den Fahrer zu halten, während an seinem Fahrzeug noch gearbeitet wird, respektive vor dem Rennstart ein Schild mit seiner Startnummer zu präsentieren. Darüber hinaus kommen Grid-Girls nach dem Rennen auch bei Siegerehrungen zum Einsatz.« Eine besondere Stellung haben die Grid-Girls als »Race-Queens« in Japan, »hochangesehene Helferinnen der Rennveranstalter«. Sie sind offenbar so etwas wie die Gesellschaftsdamen, die Geishas der Rennfahrer? »Der pejorative Begriff *Boxenluder* hingegen bezeichnet Frauen, die durch medienwirksame Auftritte im Fahrerlager ihren eigenen Bekanntheitsgrad steigern möchten. Als Inbegriff des Boxenluders galt lange Zeit die Britin Katie Price. Auch für Motorsport-Groupies wird der Begriff teilweise verwendet.« Allerdings wurden in der Formel 1 als Reaktion auf die MeToo-Debatte die *Grid-Girls* abgeschafft. Seit

März 2018 begleiten Kinder als *Grid-Kids* die Fahrer in die Startaufstellung – ähnlich wie dies von den Einlaufkindern bei Fußballspielen bekannt ist.

Nichts illustriert die Veränderung im Wortethos des Begriffs *Frau*, seine »Meliorisierung« nach herkömmlicher »Peiorisierung«, schöner und einprägsamer als ein am Weltfrauentag in vielen Zeitungen veröffentlichtes Bild vom Set des jüngsten James-Bond-Films: James Bond, dargestellt von Daniel Craig, im Soziussitz eines von Lashana Lynch gelenkten Motorrades. »Aus der Figur des allzeit offensiven Womanizers, der Frauen schon einmal ohrfeigte oder sich als Mann selbstverständlich über ihr Nein hinwegsetzte, ist ein vorsichtiger, zärtlicher Verführer geworden. Einer, über den auch Altherrenwitze gemacht werden«, schreibt Julia Schafferhofer. Lashana Lynch aber ist eine attraktive schwarze Frau. Dadurch sieht der weiße Mann James Bond am Rücksitz noch blasser aus …

Was lange nicht für möglich gehalten wurde, ist eingetreten und Wirklichkeit geworden: Frauenfußball, seit 1984 sogar als Europameisterschaft. Und es gibt mittlerweile einen regelmäßigen Meisterschaftsbetrieb mit Ligen, regionalen und internationalen Meetings und berühmten Vereinen. Und eben steht in den Zeitungen, dass Frauenfußball auch beim Publikum immer beliebter wird und die Besucherinnenzahlen in den Stadien rapide steigen, und dass er für die FIFA, die »Fédération Internationale de Football Association«, die Kritikern eine geldgierige Institution ist, ein neues lukratives Geschäft geworden ist.

Und gute oder herausragende Fußballspielerinnen erzielen im sogenannten Transfermarkt hohe Summen. Von Millionen Euro ist mittlerweile die Rede … Die Spieldauer im Damenfußball ist dieselbe wie im Herrenfußball, nur die Jugendmannschaften haben kürzere Halbzeiten. Mittlerweile gibt es auch schon Schiedsrichterinnen, auch bei Spielen der Männer. Jetzt halten sich wohl auch die männlichen Zuschauer auf den Rängen als Kavaliere mit der Schiedsrichterschelte ein wenig zurück … In meiner Jugend brauchte mancher »Schiri« nach einer eklatanten Fehlentscheidung auf dem Weg in die Kabine Geleitschutz. Und was er sich an Häme und Spott anhören musste, spottete oft jeder Beschreibung …

Anthropologisch gesehen, sind Männer beim Fußball insofern im Vorteil, als sie Bälle auch mit der Brust stoppen können, was Frauen *naturgemäß* schwerer fällt … Der Nachteil der Männer wiederum liegt im sogenannten ausgelagerten Geschlecht, dem Gemächte. Ein Schuss dorthin kann wahrlich wehtun und peinlich sein! Und Nachspielzeiten sind sowohl Männern als auch Frauen oft eine Qual. Nach Nachspielzeiten gehen die Akteure oft »wie auf dem Zahnfleisch« vom Platz … Ein Elfmeterschießen bei unentschiedenem Ausgang der Nachspielzeit und der Verlängerung verlängert nur noch die Tortur und Leiden der Akteure. Und spannt die Zuschauer auf die Folter.

Das dreimalige »*Goal, Goal, Goal!*« des Schweizer Schiedsrichters Gottfried »Godi« Dienst und der Pfiff mit der Trillerpfeife in der letzten Minute der Nachspielzeit im Endspiel der Weltmeisterschaft 1966 im Londoner Wembley-Stadion zu Ungunsten Deutschlands ist zum Mythos und Trauma geworden. Manche meinen heute noch, dass der vom Schiedsrichter gefragte Linienrichter aus Aserbaidschan den Deutschen übel- und eins auswischen wollte … Dolchstoßlegenden … Die Sache wurde zum Politikum, nachdem sich sogar der deutsche Bundespräsident Heinrich Lübke als Fußballexperte zu Wort meldete und das entscheidende Tor dementierte. Schiedsrichterentscheidungen gelten aber als Tatsachenentscheidungen, an denen nicht zu rütteln ist. Zu einem Krieg zwischen England und Deutschland führte das umstrittene Goal freilich nicht. Einen solchen Krieg nach einem Fußballspiel gab es freilich schon einmal in Südamerika zwischen Honduras und El Salvador. Damals hat sich der Vatikan als Schiedsrichter und Friedensstifter angeboten und bewährt. Heinrich Lübke war damals bereits in seiner zweiten Amtszeit und zeigte bereits deutliche Anzeichen von geistiger Altersschwäche und Erschöpfung. Es gab über ihn gnadenlose Witze, geradezu eine eigene Textsorte von Witzen (»Lübke-Englisch«). Schließlich wurden auch Lübkes Vergangenheit und seine Tätigkeit bei einem Bauunternehmer im »Dritten Reich« Thema. Man tat ihm nichts Gutes, als ihn die Bundesversammlung auf Vorschlag der CDU/CSU und der SPD 1964 für eine zweite Amtszeit bestellte. Etwas Vergleichbares trug sich 1986 in Österreich zu, als die Österreichische Volkspartei den pensionierten UNO-Generalsekretär Kurt Waldheim als Kandidaten für das höchste Amt im Staat aufstellte. Das erwies sich für Österreich als schlimmes Eigentor. Waldheim bekam aufgrund seiner Kriegsvergangenheit in der deutschen Wehrmacht international keinen Fuß auf den Boden und absolvierte kein einziges »Auswärtsspiel«. Er stand die ganze Zeit im Abseits. Und mit ihm in gewisser Weise auch Österreich.

Eine andere politische Fehlentscheidung war die Nominierung des »Staatsvertragskanzlers« Julius Raab zum Kandidaten für die Bundespräsidentenwahl im Jahr 1963 durch die Österreichische Volkspartei. Dass Raab schon um das Jahr 1960 sehr krank war, sah ich als Student in Wien, wenn ich morgens auf dem Weg in ein Milchgeschäft in der Liebiggasse war, wo ich für die Kollegen im 2. Stock des Studentenheimes in der Ebendorferstraße Frühstücksgebäck holte, und dabei oftmals Zeuge wurde, wie der schon schwer gezeichnete Raab von seinem Chauffeur fast täglich zu seiner Vertrauensärztin neben dem Studentenheim gebracht wurde und langsam und schwerfällig aus dem Auto stieg. Am 8. Jänner 1964 verstarb er.

Es gibt ein lesenswertes Buch des ehemaligen Präsidenten des Verfassungsgerichtshofes Karl Korinek (1940–2017) mit dem Titel »Der Onkel Julius« und dem Untertitel »Der Wiederaufbau Österreichs in Anekdoten«, illustriert mit Karikaturen von Ironimus (Gustav Peichl). Ich bin stolz auf mein Exemplar, das mir Karl Korinek mit einer besonderen Widmung dediziert hat. »Thron und Altar« waren in der Zeit Julius Raabs gewissermaßen noch näher beisammen. Heute wirkt es fast schon »exotisch«, wenn ein Minister bei der Angelobung einer neuen Regierung seinen Amtseid noch mit dem Zusatz »So wahr mir Gott helfe« versieht. In der letzten Regierung hat ein einziger, ein frommer Tiroler, eine solche Eidesformel verwendet. Ein Atheist bringt einen solchen Spruch natürlich nicht über die Lippen. »*Ipse te adiuva, deus te adiuvabit*« – »Hilf dir selbst, dann hilft dir Gott«, sagten schon die skeptischen Lateiner. Wem fällt da nicht jener Witz ein, in dem ein Pfarrer einen jungen Mann sieht und hört, der gotteslästerlich flucht, weil sein Moped nicht anspringt. Er redet ihm gut zu und lädt ihn ein, lieber ein kurzes Stoßgebet zu sprechen. Als das Moped dann beim ersten Tritt auf den Starterbügel tatsächlich anspringt und der junge Mann losfährt, sagt der Pfarrer bei sich: Verflucht, das hätte ich nun doch nicht geglaubt!

Bei einer Gedenkmesse zum 63. Jahrestag der Unterzeichnung des Staatsvertrags, die der Geistliche Leiter des RSK (Rosenkranz-Sühnekreuzzug) Pater Benno Mikocki zelebrierte, wurde Julius Raab zitiert: »Wenn nicht so viel gebetet worden wäre, nicht so viele Hände in Österreich sich zum Gebet gefaltet hätten, so hätten wir es wohl nicht geschafft.« Der Fahrer des Dienstwagens des Bundeskanzlers hat berichtet, dass Raab manchmal auf dem Rückweg von einem Amtstermin an einer Kirche halten ließ und um eine Pause bat, die er dann im Gotteshaus, das täglich von den Mitgliedern des RKS verlangte Gesätzchen des Rosenkranzes betend, verbrachte. Die Totenrede am Grab Julius Raabs hielt Leopold Figl, der vor Schluchzen kaum sprechen konnte.

Als Julius Raab bei der Bundespräsidentenwahl, sozusagen in seiner *Nachspielzeit*, dem amtierenden Präsidenten Adolf Schärf haushoch unterlag, sagte er resignierend, aber wohl kaum besonders unglücklich: »Wir haben einen Schraufen kriegt.« *Einen Schraufen kriegen* bedeutet am Fußballplatz »unterliegen, verlieren«, womit Raab immerhin bewies, dass er wie sein Unterrichts- und Kultusminister Heinrich Drimmel, der angeblich lieber Fußballspiele als Theater besuchte, auch die Wiener Fußball-Sprache beherrschte. Er war wirklich das, was man einen Mann des Volkes nennt. Das betraf ja auch seine schlichten Ernährungsgewohnheiten und Schwächen für einfache Speisen. Seine Lieblingsspeise war angeblich die Knackwurst ...

Die merkwürdigste Autofahrt meines Lebens aber war sicher jene auf der mit zwei provisorischen Sitzbänken ausgestatteten Ladefläche eines Lastwagens der Pichler Spedition Eisenkeck, einem Opel Blitz, »Holzvergaser«, mit dem ich 1949 zur Firmung in der Herz-Jesu-Kirche in der Welser Neustadt fuhr. Wir, meine Mutter und ich, stiegen oder kletterten in Geisensheim auf die Ladefläche, in Oberham stieß mein Firmgöd und Onkel Josef Berger zu uns. So rumpelten wir schließlich vollbesetzt auf der Schotterstraße Richtung Wels ... Der volkstümliche und populäre Linzer Diözesanbischof Franciscus Salesius Zauner fuhr damals noch mit dem Motorrad von der Linzer Herrengasse, wo sich der Bischofshof befindet, auf der Bundesstraße 1 von Linz nach Wels. Später, nach einem Motorradunfall bei Marchtrenk, musste er sich das Motorradfahren versagen. Das Domkapitel soll es ihm verboten oder den Verzicht doch nahegelegt haben … Zu den Visitationen ist er später standesgemäß mit einem schwarzen Mercedes und Chauffeur und Zeremoniär gekommen, die Mitra und den zerlegbaren Bischofsstab im Kofferraum. Dass aber einige Landsleute den Mercedes spöttisch »Herz-Jesu-Auto« nannten, mag damit zusammenhängen, dass ihn kirchliche Würdenträger gern als Dienstauto hatten. »*Mercedem iam accepistis*« (»Euren Lohn habt ihr schon bekommen« – oder auch: »euch genommen« (Matthäus 6,5)) hat ein kritischer Geist auf einen Zettel geschrieben und hinter die Windschutzscheibe eines der Mercedes, mit denen die deutschen Kardinäle zum Zweiten Vatikanischen Konzil nach Rom gereist waren und die sie im Vatikan geparkt hatten, geheftet. Es heißt von manchen hochgestellten Persönlichkeiten in Politik und Kirche, dass sie hin und wieder ihren Chauffeuren freigegeben und sich selbst ans Steuer gesetzt haben, aus sozialer Rücksicht oder auch aus Lust am Fahren. Das war der Fall und Unglücksfall des aus Kärnten stammenden Parteivorsitzenden der Österreichischen Volkspartei Karl Schleinzer, der am 19. Juli 1973 auf der Fahrt nach Kärnten bei Bruck an der Mur mit einem Sattelschlepper kollidierte und tödlich verunglückte. Ähnlich wie im Fall Jörg Haiders, der mit seinem VW Phaeton bei Lambichl südlich von Klagenfurt am 11. Oktober 2008 tragisch ums Leben kam, kursierten auch damals Gerüchte, Schleinzers Ford Granada sei präpariert und manipuliert gewesen. Schleinzer sei schließlich der einzige ÖVP-Politiker gewesen, der dem »Sonnenkönig« Bruno Kreisky in einem Fernsehduell vor der Nationalratswahl im Jahr 1971 souverän Paroli geboten hatte, während sein Nachfolger Josef Taus beim Fernsehduell mit Bruno Kreisky 1975 »keinen Fuß auf die Erde bekam«, wie es in der Presse hieß, und Taus später sagte: Ich habe den alten Kreisky unterschätzt!

Dass Haiders Unfallauto ein VW Phaeton war, hat natürlich den Menschen, jedenfalls den Humanisten, zu denken gegeben. Unter *Phaethon* liest man im »Kleinen Pauly«: »Sohn des Helios und der Okeanide Klymene. Bei Hesiod besteigt Phaethon heimlich den Sonnenwagen, bei der Fahrt erfasst ihn Angst und er stürzt in den Eridanos. Ein Blitz des Zeus vernichtet ihn und setzt die Erde in Brand. Phaethons Schwestern, die Heliaden, die die Rosse angeschirrt haben, darunter Phaethusa, werden in Pappeln verwandelt.« Stefan Petzner, ein jugendlicher Parteigänger Haiders im BZÖ (Bündnis Zukunft Österreich) hat damals mit dem Satz aufhorchen lassen: »Die Sonne ist vom Himmel gefallen.« Petzner war dann wohl auch der Erste, der vom Unfall Haiders als einem möglichen Attentat sprach, was in der Folge in vielen Artikeln und Analysen leidenschaftlich und aussichtslos diskutiert wurde …

Mich hingegen interessiert oder würde interessieren, warum die Autohersteller von »Volkswagen« ein Auto *Phaeton* genannt haben. Der Phaeton ist im Programm von VW natürlich nicht das Auto für den sogenannten kleinen Mann oder den Jedermann, sondern für die »gehobene Klasse«, das sogenannte »obere Segment«. VW Phaeton, der »Sonnenwagen«

aus Wolfsburg, klingt darum wie ein Widerspruch in sich oder wie eine humanistische (humoristische?) Pointe…

Für alles, was VW und Wolfsburg betrifft, ist mir der gebürtige Bad Harzburger, als Werkstudent Testfahrer und Betreuer im VW-Fahrerlager des 1000-Kilometer-Rennens von Spa Francorchamps im wallonischen Belgien, Student der Germanistik in Saarbrücken, Bonn und Göttingen, Assistent bei Albrecht Schöne, dann zwei Jahrzehnte Professor Ordinarius an der Universität Genf, nunmehr wie ich Emeritus – und mein allerbester Freund: Hans-Jürgen Schrader die zuverlässlichste Quelle. Im Gegensatz zu mir ist er ein weitgereister, weltläufiger Mann, der viele Autofahrten, aber vor allem Flugreisen unternommen und von Japan bis Amerika vielbeachtete Gastvorträge gehalten hat und hält. Seine damalige Mitwirkung bei VW wie überhaupt die Entwicklung im Automobil-Rennsport sieht er heute wie ich eher kritisch bis skeptisch, als eine bedenkliche bis sinnlose Vergeudung und Verschwendung von Ressourcen, nicht nur von Kerosin. Sozusagen ein einziger, monströser Abgas-Skandal…

Das heute von manchen Zeitgeistkritikern für unpassend und suspekt gehaltene und scheel angesehene Wort *Volk* hat sich im Kompositum *Volkswagen* hartnäckig gehalten und verfestigt, obwohl es ein Ausdruck der Ideologie des »Dritten Reiches« ist. »Volkswagen« wurde somit nicht entnazifiziert… Wie ich in einer meiner »Lebenszeichen«-Geschichten geschrieben habe, wurde in Klagenfurt die Ferdinand-Porsche-Straße in Porsche-Straße umbenannt, also auf eine raffinierte Art »entnazifiziert«! In meiner ländlichen Lebenswelt hörte ich freilich auch in der Nachkriegszeit noch oft das Wort *Reichsautobahn.* Andere Komposita wie *Volksempfänger* oder Ableitungen wie etwa *Umvolkung* haben verständlicherweise nicht überlebt, auch wenn sie im Duden und in anderen Wörterbüchern als *veraltet* noch verzeichnet sind …

Jüngere Geistliche, auch Bischöfe, sind, was Dienstautos betrifft, bescheiden geworden. Es gibt im Episkopat wohl auch nicht mehr nur Adelige, wie es einmal der Fall war, bei Bischöfen, Erzbischöfen, Metropoliten und Fürsterzbischöfen. Der gegenwärtige Bischof der Diözese Gurk-Klagenfurt, der sympathische Slowene Josef Marketz, hat sich sogar geweigert und es verschmäht, in den Bischofshof, ein ehemaliges Schloss der Maria-Theresia-Tochter Maria Anna, einzuziehen … Schließlich war er vordem Präses der Caritas! Ein Caritas-Direktor aber ist mit Armut vertraut. Solche Hemmungen oder Skrupel hätte der Limburger Bischof Franz-Peter Tebartz-van Elst sicher nicht gehabt … Skrupel wegen dieses feudalen Domizils hatte auch der vorvorige Bischof in Klagenfurt, der aus Leoben gebürtige Bischof Egon Kapellari, nicht. Aus einfachen Verhältnissen kommend, hatte der wortgewaltige Prediger und von mir bewunderte Schriftsteller eine natürliche Freude an Kunst und schönen Dingen. Mit viel Geschmack hat er den Bischofshof restaurieren lassen und das Haus, eigentlich ein Amtsgebäude, auch zu einem eindrucksvollen Museum moderner österreichischer Malerei, vor allem des »Informel«, gemacht. Meine liebe steirische, der Kirche verbundene Freundin Vita Kiesling hat mir einmal berichtet, dass man Bürgerliche, die sich gern mit Adeligen umgeben und abgeben, zu denen sie sich hingezogen fühlen, scherzhaft »Kronenkraxler« nennt. Meine Frau meint, ich sei von großen Namen auch nicht gerade unbeeindruckt … Vielleicht bin ich hierin ein wenig der Sohn meines Vaters, der freilich im Grunde Monarchist war und in großer Naivität eine hohe Meinung von den (christkatholischen …) Habsburgern hatte. Meine erste Lehrerin nach der Einschulung im Jahr 1944 war Vera Ploberger. Sie hatte ein persönliches Naheverhältnis zu den Habsburgern am Starnberger See, zu denen sie nach ihrer Pensionierung schließlich als Erzieherin übersiedelte. Ihr zuliebe, weil sie eine ausgezeichnete Lehrerin war, habe ich auch einmal eine Unterstützungserklärung für den Sohn Ottos von Habsburg, Karl Habsburg, bei einer Kandidatur für das Europaparlament in Straßburg unterschrieben, weil sie mich darum gebeten hat. Sie wurde 100 Jahre alt und ist auf dem Linzer Barbara-Friedhof begraben. Bei Gelegenheit, wenn ich im Adalbert-Stifter-Haus »zu tun« habe, besuche ich auch die Gräber von Adalbert Stifter, von meinem Petriner Mitschüler Johann Lachinger, der lange das Stifterhaus geleitet hat, und von Vera Ploberger …

Einmal nun holte mich zu einer Veranstaltung in Seitenstetten ein nobler Herr mit einem Mercedes vom Bahnhof Amstetten ab. Er stellte sich nicht weiter vor oder nur als Mitarbeiter des die Lesung veranstaltenden Kulturvereins. Erst später erfuhr ich, dass mein Chauffeur ein Herr Habsburg-Lothringen war. Da kam sich meine Wenigkeit, der Aichmüller Loisl, plötzlich sehr wichtig vor …

Dem Automobil hat ein Adeliger, Botho Alfons Graf von Coreth (1898–1986), mit seinem Buch »Leben und Überleben mit Automobilen« 1980 ein literarisches Denkmal gesetzt, wie nur er, der Auto- und Motorradpionier und langjährige Generalsekretär des ÖAMTC sowie Gründer des Kuratoriums für Verkehrssicherheit (»Corethorium«), es konnte. Ich besitze ein Exemplar dieses Buches mit einer dicken Widmung des Autors, die ich besser nicht zitiere, um nicht größenwahnsinnig zu erscheinen. Unterschrieben hat er mit »Der Auto-Autobiograph Coreth«. Unübertroffen auch die Zeichnungen Wilfried Zeller-Zellenbergs (1910–1989), des in meinen Augen größten, sicher aber humorvollsten Buchillustrators Österreichs. Coreth hat seine Widmung nicht datiert, aber er muss mir das Buch relativ kurz vor seinem Tod 1986 geschickt haben. Es könnte freilich auch sein, dass es mir sein Sohn, der Journalist der Salzburger Nachrichten Peter Emmerich Coreth, während meiner Vertretungsprofessur an der Universität Salzburg persönlich überbracht hat?

Ein besonderes Auto, einen Oldtimer aus dem Jahr 1930, vermutlich einen Ford, zeigt ein Photo, das auf der ersten Landesausstellung in Kärnten (»Schatzhaus Kärnten«) 1991 gezeigt wurde. Man sieht auf diesem

Bild den Konvent, wohl alle oder doch die meisten Mönche des Benediktinerstiftes, darunter auch den später berühmten Maler Switbert Lobisser, und vor ihnen den Abt Richard Strelli, der einem der beiden Vertreter der amerikanischen Botschaft die Gutenberg-Bibel, und zwar eines der vierzehn wertvollsten Exemplare der 42-zeiligen lateinischen Ausgabe aus dem Jahr 1452, überreicht. Der wertvollste Schatz des Stiftes St. Paul neben dem sogenannten Adelheid-Kreuz kam aus St. Blasien im Schwarzwald, als nach der Aufhebung des Stiftes St. Paul unter Kaiser Joseph II. Mönche der dortigen Abtei das Kloster im Kärntner Unterland wieder besiedelten. Aus Not, heißt es, also aus einer Notlage, in die das renovierungsbedürftige Stift St. Paul nach dem Ersten Weltkrieg gekommen war, entschloss man, sich vom wertvollsten Besitz, dieser Zimelie, zu trennen und sie den Amerikanern zu überlassen. Es heißt, dass mit dem Erlös aus diesem Notverkauf das ganze Dach der großen Klosteranlage erneuert werden konnte, sodass die Schätze des »Schatzhauses Kärntens« wenigstens vor dem Regen geschützt und von ihm verschont waren und die Stiftskirche renoviert werden konnte … Die Bibel aber ging an die Bibliothek des Kapitols (Library of Congress) in Washington. Auf sie schworen die Präsidenten der Vereinigten Staaten den Amtseid, wenn sie nicht später ihre Hausbibeln benützten …

Ein Denkmal ganz anderer Art, nämlich nicht aus Papier, sondern aus Granit, hat die Gemeinde Reifnitz am Wörthersee dem Auto, im Besonderen dem VW Golf, gesetzt. Mitten im Ort, dem Zentrum des jährlichen GTI-Treffens also, zu dem VW-Fahrer zu Christi Himmelfahrt aus ganz Europa anreisen, erhebt sich auf einem betonierten Sockel ein »lebensgroßer« *Golf*, den Schüler einer Fachhochschule in Wolfsburg, der Hochburg der deutschen Autohersteller, geschaffen haben. Dieses »Auto« aus Granit ist manchen ein »Stein des Anstoßes«, wie erboste Leserbriefe gezeigt haben, die von einer *Vergötzung* und *Fetischisierung* des Autos sprachen, anderen, wie mir, ist es ein bestauntes und bewundertes Monument der Zeit und des Zeitgeistes. *Fetischisieren* bedeutet laut Fremdwörter-Duden »etwas zum Abgott machen«. Es ist eine Wucht! *Wucht* im buchstäblichen etymologischen Sinn von »gewichtig«, auch »schwer, gewaltig«. Es müssen Riesen oder Giganten oder Kyklopen gewesen sein, die es auf seinen Sockel gehievt, »gewuchtet« haben, nachdem es aus Wolfsburg auf einem Tieflader in mehrtägigem Transport nach Kärnten verfrachtet worden war. Ein schwerer Brocken! Die Oberfläche des Kolosses ist nicht glatt, sondern wellig und schartig, zeigt also noch sehr reizvoll die Spuren der Meißel oder Presslufthämmer. Das erinnert vielleicht an die Arbeitsweise und Oberflächenbehandlung des bedeutenden Bildhauers Alfred Hrdlicka, in seiner blockartigen Klarheit auch an die Kirche Fritz Wotrubas in Wien-Mauer… Wo denkst du hin, denkt sich vielleicht mancher! Mich aber reißt es wie so oft fort, diesmal zu Auguste Rodins »Bürger von Calais«, und ich komme erst nach Michelangelos Moses und bei Praxiteles und seiner Aphrodite von Knidos zu Ruhe und Stillstand…

An dieser Plastik in Reifnitz könnte auch der deutsche Künstler Joseph Beuys (1921–1986) mitgewirkt haben, von dem es ja auch eine Steinplastik, eine Ottomane oder ein Sofa aus Granit gibt, wahrlich kein »Lotterbett« für Faule zum Ausruhen. Der Name *Ottomane* ist »osmanisch«, weswegen dieses Sitz- und Liegemöbel auch »die Türkische« heißt. Auf den orientalisierenden Gemälden von Jean Ingres kann man sehen, wie türkische Sofas aussehen und wie sich auf ihnen Haremsfrauen räkeln und langweilen. Einen Hauch von Morgenland spürte ich, wenn ich meinen albanischen moslemischen Schwiegervater im sogenannten Türkensitz ausruhen sah … So wie das steinerne Reifnitzer Auto nicht fährt und sich nicht bewegen lässt – und auch ohne Schloss und Riegel vor Diebstahl gesichert ist –, so ist auch Beuys' Ottomane »unbenützbar«. Beuys, dessen beliebteste Materialien unter anderem Fett und Filz waren, an denen die Zeit ihre Vergänglichkeit in Aussehen und Geruch drastisch demonstriert, hat mit seiner Steinplastik etwas »Unvergängliches« und »Ewiges« geschaffen. Denn alle Kunst will Ewigkeit, will tiefe, tiefe Ewigkeit? Ein solches Fauteuil, eigentlich »Faltmöbel«, ist natürlich für mich eine Einladung und Versuchung, ein Feuilleton, ein »unterhaltsames Beiblättchen«, wie der Etymologie-Duden das Fremdwort ins Deutsche übersetzt, zu schreiben. Ich will aber der Versuchung widerstehen, nachdem ich in anderem Zusammenhang schon einmal das »Faulbett« Theodor Mommsens zitiert habe, auf dem Caesar, wie Mommsen schreibt, als Jugendlicher Gott oder den Göttern die

Zeit gestohlen hatte, bis er dann beschloss, Politiker zu werden …

Verbeugen möchte ich mich aber, wie vor der Idee und Gestalt des Granit gewordenen GTI in Reifnitz am Wörthersee, vor einer Autoplastik des österreichischen »Bildhauers«, eigentlich »Konzeptkünstlers«, Erwin Wurm, das er bei einer Werkschau in Duisburg gezeigt hat: den »Fat Car«! Ein immerhin entfernt als Ferrari erkennbarer, wulstiger und schwülstiger, klobiger, wie an Elephantiasis leidender, verschwollener, sozusagen ausgewachsener oder verwachsener »Sportwagen«, die Karikatur eines Autos, an dem man kaum die Räder ausmachen kann. Wurms Auto erinnert eher an ein Schlauchboot auf Rädern …

Das Automobil hat in der Bildenden Kunst ganz allgemein eher eine »schlechte Presse« … Es sind, politisch gesehen, die Grünen, die dem exzessiven Mobilismus im Allgemeinen und Autos mit Verbrennungsmotoren im Besonderen kritisch gegenüberstehen und uns die Schäden an Luft und Umwelt bewusstmachen, die für den Fetisch Auto in Kauf genommen werden. Rufer in der Wüste … Ein anderer, weniger populär gewordener »Plastiker« als Erwin Wurm war der 2017 verstorbene Kärntner »Bildhauer« Harry Jeschofnig, im Hauptberuf Rauchfangkehrer, stets unterwegs mit einem riesigen amerikanischen Chevrolet, ein Künstler, auch Musiker, dessen *objets trouvés* und Markenzeichen die Stoßstangen ausrangierter Autos wurden, die er sammelte, ja sich aus der ganzen Welt kommen ließ, und zu abstrakten, oft auch an Insekten, Riesenspinnen erinnernden

Gebilden zusammenschweißte, zu besichtigen in einigen Klagenfurter und Grazer Parks … Wenn Harry Jeschofnig in Klagenfurter Cafés auftauchte, dann immer »in Begleitung« seines kalbgroßen schwarzen Labrador Retrievers, der zu Füßen seines Herrn unter dem Tisch Platz nahm. Probleme gab es höchstens, wenn der Humorist und Satiriker Wilhelm Rudnigger, ein anderer leidenschaftlicher Kaffeehausbesucher, mit seinem Zwergpudel namens Felix anwesend war, was jeden Vormittag im sogenannten Künstlercafé Perstinger der Fall war. Es konnte dauern, bis die beiden Hundehalter ihre Hunde, Jeschofnig seine schwarze Bestie und Rudnigger seinen schmächtigen bräunlichen Pinscher, so weit beruhigt hatten, dass man sich wieder unterhalten konnte. Die Hunde waren sich spinnefeind, ihre Besitzer aber gut Freund. Davon kann man sich auch auf dem Klagenfurter Friedhof in Annabichl überzeugen, wo am Grab Rudniggers eine schöne Porträtbüste aus Harrys Werkstatt zu sehen ist, aus Jeschofnigs Zeit vor der Entdeckung der Stoßstangen …

»Hier muss ich draußen bleiben« liest man neben dem Fahrradständer beim Eingang von Lebensmittelmärkten unter dem Bild eines traurigen, angebundenen Hundes. Auch Hunde mit Beißkörben dürfen nicht mit ihren einkaufenden Herrchen oder Frauchen mitkommen. Dabei ist doch Hundenahrung und Tierfutter ein großes Geschäft für Spar, Hofer, Billa und all die anderen Handelsketten. Die Zeiten sind vorbei, wo Haustiere, Hunde und Katzen, wie auf den Bauernhöfen zur Zeit unseres Heranwachsens hauptsächlich mit Abfällen gefüttert wurden und die großen Resteverwerter waren. Eine Müllabfuhr gab es auf dem Land ja nicht. Ich habe in meinem Roman »Die Mühle« beschrieben, was Müller wie mein Vater am Rechen des Wehrs alles aus dem Bach gefischt haben. Vor der Turbine der Mühle meines Vaters wurde Anorganisches und Organisches (Tierkadaver etc.) angeschwemmt. Die Müller haben die *corpora delicti* herausgefischt und hinter den Mühlen wieder ins Wasser geworfen und so den Unrat dem nächsten Müller, dem »Rivalen«, weitergereicht. So mag manches in die Donau und einiges wahrscheinlich bis ins Schwarze Meer gelangt sein ... Auch das Schweinefutter bestand zu einem gewissen Teil aus »Kaschpel«, wie es hieß, in einem großen Bottich gesammelten Überbleibseln, eine Art Eintopf aus Essensresten und Küchenabfällen, eingerührt in sauer gewordene »überflüssige« Milch und Rahmsuppe ...

In der Erzählung vom verlorenen Sohn (Lukas 15, 11 ff.) oder »vom barmherzigen Vater«, wie man heute lieber sagt, klagt und jammert der zum Schweinehüter bei einem Gutsbesitzer in der Fremde verkommene, hungernde Dummkopf, nachdem er seine Erbschaft mit leichten Mädchen und Zechkumpanen durchgebracht hat: *Et cupiebat implere ventrem suum de siliquis, quas porci manducabant* – »Und er begehrte seinen Bauch zu füllen mit Trebern, die die Säue aßen«; *siliqua, siliquae* ist die Schote der Hülsenfrüchte – also der »Kaschpel«, wie Wolfgang A(madeus) Teuschl, der Verfasser der Bibel in Wiener Mundart, dem Sensationsbestseller des Jahres 1971

»Da Jesus und seine Hawara«, der mich einmal in meinem Haus auf dem Weinberg besucht hat, vielleicht übersetzt hätte … Dort hat er, Teuschl, mir damals erzählt, dass seine (leibliche) Schwester, eine »Schwester«, also Nonne, der Schwesterngemeinschaft der Caritas Socialis (CS) der 2012 seliggesprochenen Gründerin Hildegard Burjan, mit »bürgerlichem Namen« Waltraud Maria Teuschl, als Nonne aus Bewunderung für die Gründerin der Caritas Socialis ebenfalls den Namen Hildegard (nach Hildegard von Bingen) angenommen hatte. Hildegard Teuschl gilt als Sozialreformerin und Pionierin der Hospizbewegung in Österreich, die sich auch um die Palliativmedizin verdient gemacht hat, was 2014 in der Benennung einer Straße in Wien-Hietzing Ausdruck und Würdigung fand. Ich habe eindrucksvolle »Morgenbetrachtungen« von Hildegard Teuschl im Österreichischen Rundfunk in Erinnerung. Über den gesellschaftlichen, literarischen Erfolg ihres Bruders Wolfgang wird sie sich sicher gefreut haben, wenn ihr auch sein lockerer Umgang mit dem biblischen »Plot« in der Wiener Pülcher-Mundart zwiespältige Gefühle und auch ein wenig Kummer bereitet haben mag … Dass das Buch nicht skandalisiert wurde, lag vielleicht auch an einem überzeugenden Vorwort des Salzburger Universitätsprofessors für Neutestamentliche Bibelwissenschaft Wolfgang Beilner. An sich war die Zeit wegen verschiedener »Blasphemien« sehr nervös und aufgeregt. Ein solcher »Aufreger« war etwa die Oper »Jesu Hochzeit« von Gottfried von Einem (1980) nach dem Libretto seiner Frau Lotte Ingrisch. Später (2002) der Karikaturenband »Das

Leben des Jesus« von Gerhard Haderer, der seinem Autor sogar ein Einreiseverbot nach Griechenland und in die Länder der Orthodoxie eingebracht hat. Ich will aber nicht verschweigen, dass auch ich mit meinen frühen Büchern »Überwindung der Blitzangst«, »Ausfälle« und auch mit »Die Abtei« Widerspruch und Kritik von fundamentalistischer Seite erfahren habe. Im Mittelalter oder in der frühen Neuzeit hätte es in Spanien sicher gereicht für einen Prozess vor der heiligen Inquisition … Als der Opernsänger Oskar Czerwenka im Fernsehen den von einem schwedischen Komponisten vertonten Text »Der springende Punkt im roten Faden« aus meinem Buch »Ausfälle« vortrug, eigentlich die wörtlich nach Matthäus zitierte Genealogie Jesu mit der »unbiblischen« Schlusspointe: »Josef aber zeugte Jesus nicht«, hagelte es Schelte. Daran musste ich Jahre später denken, als mir Günter Eichberger für ein Lesebuch, das ich herausgab, einen Text schickte, in dem ein Urologe in Jerusalem bei Josef Impotenz diagnostiziert, und ich Freund Günter bat, den Text zurückzuziehen … Heute sehe ich es so – zu meinen Gunsten –, dass ich mich als naiver Bauernbub über die in den Dogmen fest- und vorgeschriebenen Wunder wunderte, was vielleicht auch kein Wunder ist …

Wolfgang Teuschl hat auch ein hoch schätzenswertes »Wiener Dialektlexikon« verfasst. Da er auch Kabarettist war und für einige Kollegen Texte geschrieben hat, hat er sich, was den Wortschatz der Wiener Mundart betrifft, ganz besonders auf drastische »Sager« und Begriffe, vor allem der »Unterschicht«, der Pülcher und Strizzis konzentriert. Besonders reich vertreten ist in vielen Wörtern und Wendungen das Wortfeld Sexualität … mit reichlich politisch unkorrekten Wörtern über das weibliche Geschlecht. Erstaunt hat mich, dass der Begriff *Auto* im Lexikon nicht vorkommt. Nach *Auter* für »Euter« folgt lediglich unter *Autobus* die Redewendung *schaun wia r a Autobus:* »dumm, verblüfft dreinschauen« … Das Motorrad findet man natürlich unter *Maschin*. Man erfährt immerhin, dass die Wiener ein Kleinauto *Spuckerl* oder auch *Schnauferl* nennen. Weitaus der längste Artikel in Teuschls Dialektlexikon ist der Artikel *Arsch* mit rund 20 Komposita und Ableitungen, deren eine, *Arschwetzer,* »Kleinauto«, aber auch »Homosexueller« bedeutet! Auch Astrid Wintersbergers niedliches Schimpf-Wörterbuch »Der kleine Wappler« ist bei aller Kürze reich an Schimpf- und Scheltwörtern. Auch hier ist *Arsch* der Spitzenreiter … Sehr lesenswert sind ihre Erklärungen, »Interpretamenta«, wie die Germanistik sagt. Man kann schmunzeln und oft auch hellauf lachen …

Es ist merkwürdig, wie »anthropomorph«, also »menschenähnlich«, die Nomenklatur des »Fahrbetriebs« doch ist! Der Motor *heult* auf und der Motor *stottert* und *stirbt ab* und *springt* nicht oder wieder *an* … Andererseits hat sich die Alltagssprache viele Ausdrücke und Wendungen des Automobilismus zu eigen gemacht. So ist eben ein sogenannter Chat ruchbar geworden, in dem der zurückgetretene österreichische Bundeskanzler Sebastian Kurz seinem Staatssekretär Thomas Schmid mit auf den Weg ins Erzbischöfliche Palais zu Verhandlungen mit der Kirche (oder gegen die Kirche …) über das Konkordat und seine Privilegien mitgegeben hat: »Lieber Thomas, bitte *Vollgas geben*!«

Das Granitauto von Reifnitz landet sicher nie an der »Endstation Autofriedhof!«, Die »Lebensdauer« eines echten Autos ist dagegen begrenzt. Autos haben einen sogenannten *Zeitwert*. Auch Menschen? Und wer wie ich 85 ist, befindet sich bereits lang oder tief in der »Nachspielzeit« … Wenn er nicht schon vorher ausgewechselt wurde … Allenfalls auf die Reservebank verbannt … Der Zeitwert der Autos nähert sich von Jahr zu Jahr sukzessive der Null. Am Ende entstehen Unkosten für die Verschrottung, die »Entsorgung«, also »Begräbniskosten«. Und bald schon oder spätestens nach 15 Jahren übersteigen die Reparatur- oder Renovierungskosten den *Zeitwert* und den sogenannten *Listenpreis*. Weg damit auf den Friedhof!

Es gibt eindrucksvolle und ausdrucksstarke Bilder mit dem Titel *Boneyard*, »Friedhof«, und der Darstellung ausrangierter aufgetürmter Autos auf einem Autofriedhof. *Bone* heißt ja wohl »Knochen«. Ein *Boneyard* ist ein Ossuarium, ein Beinhaus, ein »Gräberfeld«, die alte Form des Friedhofs. Ein Autofriedhof aber ist das wohl sinnfälligste Abbild des alten pessimistischen Spruchs: *Sic transit gloria mundi*. Einige Autofriedhof-Darstellungen, die man googeln kann, zeigen die Autowracks und -ruinen, »abgelagert« und aufgetürmt im Wald, also das Ausrangierte in vegetativer

Umgebung, als hätte man die kaputten Autos wie früher auch Kühlschränke und andere Gegenstände aus Bakelit oder auch Kunststoff im Wald entsorgt … Wie man auch vieles in die Bäche geworfen hat. Und was *Bone*, zu deutsch »Bein«, im Bairisch-Österreichischen *boa*, betrifft, gab es in unserer Nachbarschaft einen geschickten Bastler und Hobbymechaniker, einen Handwerker, der sich auf das sogenannte *Ausboanln*, das »Auseinandernehmen« von Autowracks, spezialisiert, sich private Ersatzteillager an- und zugelegt hatte – und daraus ein Geschäft machte. Bei ihm konnte man vom Scheibenwischer bis zur Stoßstange, von der Kardanwelle bis zur Zylinderkopfdichtung, vom Tachometer bis zum Auspuff viel Wiederverwertbares bekommen … Das erinnert mich auch daran, dass mein Saarbrücker Lehrer, ein, heute würde man sagen: *Borgward-Freak* war. Vielleicht hing das auch mit seiner Herkunft aus Hamburg zusammen, woher auch Carl Friedrich Borgward stammte, der mit der Firma *Hansa* in den 50er Jahren der größte Arbeitgeber Bremens war, bis die Produktion aufgrund einer misslungenen Unternehmenspolitik eingestellt wurde. Es gab aber noch lange Borgward-Anhänger, die dem Borgward eisern »die Treue hielten«. Sie waren so etwas wie eine Fangemeinde, viele im ganzen Bundesgebiet miteinander bekannt, und konnten sich gegenseitig auch mit Ersatzteilen aushelfen, wenn irgendwo ein Borgward den Geist aufgegeben hatte und *ausgeboanlt* worden war …

Das »Ausbeindeln« von Autowracks wurde technisch und mechanisch extrem rationalisiert. Heute sieht man kaum noch Mechaniker, die mit Hammer, Beißzange und Schraubenzieher Altautos zerlegen und »zergliedern«, also skelettieren. Die von den Batterien und vielleicht auch vom Motor und den Sitzen befreiten Wracks werden von einer gigantischen hydraulischen Presse zu koffergroßen Paketen zerquetscht und verdichtet. Dort aber, wo diese Pakete aufgeschlichtet werden und auf den Abtransport warten, kann man nicht mehr erkennen, um welche Automarke oder Type es sich gehandelt hat, um einen Mercedes oder Toyota oder Rolls-Royce oder Fiat, einen Franzosen oder einen Japaner … Im Tod sind alle gleich.

Ein eindrucksvolles Gegenbild zu den letalen Orgien der Zertrümmerung von Altautos auf dem Autofriedhof sind die oft fünfzig Waggons langen Lastenzüge der Bahn, vollbeladen mit Neuwagen. Die grüßen dann im Vorüberfahren am Autofriedhof die Ruinen auf dem *Boneyard*, die schon hinter sich haben, was den Neuwagen noch bevorsteht, oder auch die Autotransporter-Lastwägen auf den Autobahnen oder Bundesstraßen. Auf diese Transportaufgabe spezialisierten sich einige Speditionsunternehmen. Zwanzig Pkw können diese Frachter auf dem Leitfahrzeug, einer Art Zugmaschine oder traktorähnlichem Tieflader, und dem Spezialanhänger jeweils »zu ebener Erde und im ersten Stock« transportieren. Autos fahren Auto. Autos fahren Bahn … Sie werden gefahren. Die Zeit, in der Autos vor allem aus Metall bestanden, ist endgültig vorbei. Heute überwiegt Kunststoff. Von der Stoßstange bis zum Kofferraum dominiert PVC, *Polyvinylchlorid* … Der Kunststoff hat die Autos »erleichtert«, leicht gemacht. Nur wenige sind heute noch »aus Stahl« und Aluminium, »Schwergewichte«. Allgemein dominieren Fliegengewicht und Federgewicht, Bantamgewicht. *Bantam* ist bekanntlich eine Zwerghuhnrasse in Indonesien. Nur vom schwedischen *Volvo* heißt es, er sei noch aus Stahl. Aus Schweden importiert Österreich nicht nur schwerwiegende Volvos, sondern auch Eisenerz … Die bahnfahrenden Autos werden sicher mehr, wenn etwa Tirol von Kufstein bis Sterzing in Südtirol untertunnelt sein wird. Auch in der Schweiz müssen ja Autos nicht mehr über steile Bergstraßen und über unüberwindliche Passstraßen hochklettern, sondern können sich durch den 15 Kilometer langen St.-Gotthard-Tunnel chauffieren lassen. Ähnliches gilt auch für den Arlberg-Bahntunnel und in absehbarer Zeit auch für den Semmering-Basistunnel …

Und überhaupt der *Autofriedhof*! Es ist erstaunlich und heute schon schwer verständlich, wenn Heinz Küpper in seinem »Wörterbuch der deutschen Umgangssprache« von 1963 im Artikel *Autofriedhof* schreibt: »Verschrottungsplatz für ausgediente Autos. Ein ehrfurchtverletzendes Wort aus den Tagen nach dem Ersten Weltkrieg«. Ehrfurchtverletzend? Mein Lehrer Hans Eggers hat in einer kritischen Besprechung des Wörterbuchs von Küpper manches moniert, auch verschiedene Angaben, wie etwa *umgangssprachlich*, wo es sich oft um kabarettistische, mehr oder weniger originelle Einfälle handelt. Und es ist wohl wirklich die Frage, ob man die einschlägige Wörterbucheintragung *Autobauch*, maskulinum: »Beleibtheit von

Autofahrern; Beleibtheit mangels Bewegung«, erwarten durfte: »Mir seit 1955 gemeldet.« Bei *Autogruß* verweist Küpper auf *Autofahrergruß*: 1.) neudeutscher Autofahrergruß = Berührung der Stirn mit dem Zeigefinger (um anzudeuten, dass der andere Fahrer, auch der Fußgänger o. Ä. nicht recht bei Verstand zu sein scheint. Nach 1945 aufgekommen, als der deutsche Gruß der Nationalsozialisten abgeschafft war. 2.) den deutschen Autofahrergruß zu zelebrieren = mit dem Zeigefinger die Stirn berühren. Ein sprachliches Gustostückerl ist die Redewendung, die Küpper aus Graz und aus Kärnten erfahren haben will: »Wie ein Auto, ein umgekipptes Auto gucken. Hergenommen von den nicht abgeblendeten Scheinwerfern. Mir gemeldet aus Kärnten und Graz.« Schließlich verzeichnet das Wörterbuch auch den *Autoknacker*, den Autoeinbrecher. Mit einem solchen machte ich einmal Bekanntschaft, als mir in Wien, wo ich an der Universität einen Vortrag meines Lehrers Eberhard Kranzmayer besuchte, aus dem hinter der Uni geparkten Auto ein Photoapparat, den ich unvorsichtigerweise auf dem Rücksitz liegen gelassen hatte, gestohlen wurde. Ich machte Bekanntschaft mit … ist in einem solchen Fall natürlich ironisch, ja sarkastisch zu verstehen. Welch prächtige »Location« und welch stimmiger Schauplatz für ein Drama, eine Tragikomödie, ist doch ein Autofriedhof, wie Peter Turrini mit dem Stück »Rozznjogd«, das ihn sozusagen schlagartig berühmt machte, bewiesen hat.

Auf einem Autofriedhof oder in einer Autoreparaturwerkstatt sind wohl auch jene Autos gelandet, die der

Kärntner Dichter Michael Guttenbrunner (1919–2004) im Wienerwald auf dem Kahlenberg, wo er ein kleines Häuschen bewohnte, in einem Anfall von Menschen- und Technikhass und antiurbanem Affekt wie in Tollwut mit einer Axt »insultiert hat«. In ZEIT ONLINE ist seine herostratische Tat so beschrieben: »Vor zwei Jahren machte der österreichische Staatspreisträger Michael Guttenbrunner von sich reden: nicht durch seine Lyrik, sondern durch seine Axt, mit der er, der im Wienerwald in einer Hütte hauste, auf ein paar vorbeifahrende Autos losschlug, auf diese Weise schlicht und eindringlich die These widerlegend, Intellektuelle seien keine Tatmenschen. Die herbeigerufene Polizei tippte auf einen psychiatrischen Fall, die Psychiatrie auf Alkohol – und hatte recht.« Auffällig geworden ist Guttenbrunner auch durch zwei Ohrfeigen, die er Karl Dinklage, dem Gründer des Musil-Archivs und des Museums in Musils Geburtshaus in der Bahnhofstraße in Klagenfurt, wegen dessen schwer belasteter Vergangenheit »gegeben« hat. »Warum nur zwei?«, ließ sich Thomas Bernhard damals in einem Telegramm an Guttenbrunner vernehmen. Es gab kleine und größere Gehässigkeiten also auch schon vor Social Media und den Shitstorms … Es blieb freilich auch der Autodestruktor Guttenbrunner, der, wie Don Quixote gegen Windmühlen, gegen Autos gekämpft hat, nicht »ungeschoren«. Bernhard Albers, der deutsche Verleger des Rimbaud Verlags, in dem Guttenbrunner selbst publizierte (»Im Machtgehege«), veröffentlichte schließlich nach Recherchen im Wiener Dokumentationsarchiv des Österreichischen Widerstands das aufsehenerregende Buch »Michael Guttenbrunner oder die Legende von seinem Widerstandskampf gegen das Hitlerregime«. Dies war eine schlimme Enthüllung, ähnlich jener des Günter Grass als Mitglied der Waffen-SS in einem Interview im Jahr 2004. Guttenbrunner war wohl, ähnlich wie Thomas Bernhard, den Wendelin Schmidt-Dengler einen »Übertreibungskünstler« nannte, ein solcher in eigener Sache, was den Antifaschismus betraf, was darin gipfelte, dass er behauptete, wegen Widersetzlichkeit zum Tod verurteilt, aber schließlich zum Wehrdienst an der Front »begnadigt« worden zu sein …

An Autos seinen Frust und seine Wut abzureagieren, ist ein häufiges Tatmotiv geworden, wie man an vielen Berichten in den Zeitungen und an der Kriminalstatistik ersieht. Reihenweise werden Reifen zerstochen, Kühlerhaubenplastiken kassiert, Scheibenwischer oder Außenspiegel herausgebrochen oder mit einem Quarz, einem »Glasschneider«, Scheiben und Blech zerkratzt. Dies ist mir einmal selbst widerfahren, als wir mit dem Lieferwagen der väterlichen Bäckerei nachts eine Spritztour veranstalteten und mit einem zerkratzten Auto heimkehrten. Vaters Zorn richtete sich aber nicht in erster Linie gegen die Vandalen und Übeltäter, die diese Untat vollbracht hatten, sondern gegen mich und meinen Freund, die wir nachts unnötige Ausfahrten unternahmen, ganz nach dem Bibelspruch: *Wer sich in die Gefahr begibt, kommt in ihr um …* Oder, wie wir selbst gern gesungen haben: *Wärst nit aufegstiegn, wärst nit obegfalln.* Verblüfft sehe ich, dass dieses Lied in einer neuen, poppigen

Version eines der Erfolgslieder der Kärntner Band MATAKUSTIX meines Nachbarn, des Bandleaders Matthias Ortner, ist. Dort heißt es freilich, *hat mei Muater imma gsogt* … Er erhebt den Grundsatz einer defensiven Moral, das Vermeidungsverhalten, zum Prinzip! Freilich gilt auch Erich Kästners Wort: »Leben ist immer lebensgefährlich« … Und Stillstand ist natürlich auch keine Option. Das penetrante Mauern hat nicht nur einmal zum spielentscheidenden Gegentor in der letzten Minute der Nachspielzeit geführt … Oder es kommt deswegen zum Elfmeterschießen und zur »Angst des Tormanns beim Elfmeter« …

Ein merkwürdiges Wort ist im lexikalischen Umkreis der Mobilität auch das Wort *Anhänger*, das einerseits den über die Anhängerkupplung an das Auto als »Zugmaschine« angehängten ein- oder zweiachsigen Nachläufer meint und andererseits im übertragenen Sinn den Sympathisanten einer Partei, einer Ideologie – oder einer Sportart –, wie die *Fußballanhänger*, von denen einige, eine lautstarke Minderheit, als *Hooligans* in Verruf geraten sind. In Kärnten sind es vor allem *Eishockeyanhänger*, denen auch in der Berichterstattung im Fernsehen viel Aufmerksamkeit zuteilwird. Klagenfurt mit dem oftmaligen Meister KAC gilt geradezu als Österreichs Eishockey-Hochburg. Der verstorbene Schriftsteller, Kabarettist und Sportreporter Werner Schneyder ist, wie er mir bei einer zufälligen Begegnung am Klagenfurter Bahnhof erzählte, zu vielen Spielen des KAC aus Wien oder Salzburg angereist … Schneyder fungierte auch als Schiedsrichter bei Boxkämpfen!

Ein *Anhänger*, wörtlich oder im übertragenen Sinn verstanden, folgt und gehorcht der »Zugmaschine«, spurt also hinter dem »Leithammel« her. Ich besitze einen Autoanhänger und habe mit ihm im Laufe der Jahre schon manche Fuhre Laub oder Baumschnitt und Abfall zur Mülldeponie nach Hörtendorf bei Klagenfurt transportiert. Nicht immer hatte ich meine Fracht mit Planen und Stricken, »Expandern«, vorschriftsmäßig verpackt und gesichert, sodass ich auch einmal von der Obrigkeit, der Verkehrspolizei, angehalten und ermahnt wurde. Auch hatte ich verabsäumt, die jährlich fällige Kollaudierung des Anhängers zu absolvieren … Für kleinere Transporte oder weitere Fahrten, beispielsweise zu einem Ferienhaus in Oberösterreich, wo ich mit Frau und Söhnen jährlich die Ferien verbrachte und auch sonst oft eine Woche im »Homeoffice«, hatte ich mir einen sogenannten Dachständer auf das Auto montieren lassen, ein verschränktes Gestänge, das an Klammern und Spangen befestigt wird. Heute sieht man auf Pkw-Dächern oft riesige Plastikgehäuse, groß wie Badewannen und Särgen so ähnlich, dass man erschrickt, wenn man ihrer ansichtig wird … Sie enthalten aber nur die Skier der Touristen.

Eine Rückfahrt aus Oberösterreich nach Kärnten ist mir in besonderer Erinnerung. Wir hatten in Pichl beim Ferienhaus viel Hausrat, aber auch (Schmutz-)wäsche und manchen Krimskrams auf das Autodach geladen und mit einer Plane zugedeckt. An dieser Decke aber haben die Zugluft und der andauernde Fahrtwind so lange gezüngelt und gerüttelt, bis sie gegen Ende der Reise nachgegeben und stellenweise ihre Schutzfunktion verloren hat. Nach Friesach aber hatte sie wohl wie ein Segel nur noch »geweht« und geflattert und die ersten Wäschestücke hatten sich selbständig gemacht… Autofahrer auf der Gegenfahrbahn müssen dies bemerkt haben, weil sie uns mit Lichthupe, aber auch gestisch auf die Situation aufmerksam machen wollten. Leider wunderte ich mich über diese »Zuwendungen« nur und missverstand sie anfangs als seltsame Begrüßungen… War ich denn in Kärnten schon so bekannt, dass man mich im Auto erkannte und willkommen hieß? Bis wir aber den wahren, ernüchternden Sachverhalt erschrocken realisierten, war es für manche meiner Unterhosen, aber auch für eine Strickjacke meiner Frau, der sie wohl heute noch nachtrauert, leider zu spät. An ein Zurückfahren und Einsammeln der Verluststücke war natürlich nicht zu denken…

Automechaniker hantieren in vielem wie Ärzte, chirurgenähnlich, *Autolackierer* hingegen wie Dermatologen. Schließlich ist von der »Außenhaut« des Autos die Rede, grindige Rostschäden gelten als »Altersflecken«. In unserer Gegend, im oberösterreichischen Hausruckviertel, gab es seinerzeit nicht nur die praktischen Ärzte, die studierten Mediziner, sondern auch heilkundige Laien, die großes Ansehen genossen und nach der Meinung mancher den Professionisten und Äskulapjüngern überlegen waren, jedenfalls bei bestimmten Leiden, wenn es galt, Verrenkungen oder Blockaden aufzulösen. Populär waren besonders die »Ossiopäden«, die mit geschickten Handgriffen ausgerenkte Gliedmaßen »einrichten«, »einrenken«

konnten. Oft waren die »Wunderheiler« Bauern, die in ihren Bauernstuben unter dem Herrgottswinkel »ordinierten«. Sie gaben den Hilfesuchenden auch selbstgefertigte Tinkturen oder Salben mit, bei deren Herstellung Hundeschmalz eine große Rolle spielte. Manches war wohl auch ein wenig ekelig und unappetitlich … Kränkelte aber das Auto, dann fuhr man auch nicht gleich in die Werkstatt, sondern zu einem befreundeten Amateur, einem Nachbarn, der den Schaden »im Handumdrehen« behob. Statt zum Schmied also zum Schmiedl … So ersparte man sich auch die Mehrwertsteuer …

Ein Wort mit einer geradezu spannenden Geschichte ist *Pfuscher*. *Pfuschen* ist im Duden definiert als »schlecht, oberflächlich, unfachmännisch arbeiten«. Es ist eine Ableitung von lautmalerischem *Pfsch*, dem Geräusch schnell auflodernden brennenden Pulvers oder »beim Reißen von schlechtem Stoff oder dgl.«. Den *Pfuscher* gibt es seit dem 16. Jahrhundert. Einen kleinen *Pfusch* mit dem Abbrennen von Schwarzpulver, das wir aus der Gemischtwarenhandlung Kaser »abzweigten«, habe ich andernorts wohl schon beschrieben oder erwähnt. Noch heute zeigt der Ringfinger meiner rechten Hand eine Spur jenes Lausbubenstreichs … Nur das ist der Grund, dass ich keinen Ehering trage. *Honni soit qui mal y pense!*

Pfuscher sind arbeitsrechtlich gesehen »Schwarzarbeiter«, oft auch Facharbeiter, die in ihrer Freizeit unversteuert etwas »dazuverdienen«. Nicht zu vergessen und zu »vernachlässigen« das Heer der Amateure, die »Nachbarschaftshilfe« leisten … Nicht immer nur aus »Nächstenliebe«. Auch zum Zähne-Ziehen oder Zähne-Reißen, wie wir es drastisch nannten, gingen besonders Hartgesottene nicht zum Dentisten oder Zahnarzt …

Von einem seltsamen Autohändler und Autoverkäufer habe ich in meinem Roman »Groß in Fahrt« berichtet, der in meiner oberösterreichischen Heimat mit einer merkwürdigen Verkaufsstrategie recht erfolgreich war. Er besuchte potenzielle Kunden, um sie zum Kauf jener Marke, für die er lizenziert war, zu bewegen. Er war aber ein äußerst wortkarger Mann, der lange schweigen konnte und auch schwieg, bis es dem Kunden zu dumm wurde oder er aus Mitleid mit dem stummen, maulfaulen »Händler« in Gottes Namen bestellte. Dieser Autohändler war ganz anders gewickelt als jene Vertreter, die eloquent und raffiniert ihre Waren wortreich, oft auch reißerisch anpreisen. Ein Berufserfordernis für Vertreter und Handelsreisende war, wie es im Volksmund hieß, eine »guate Goschn«, Hartnäckigkeit und Überredungskunst, eine »persuasive Rhetorik«, wie es die Philologie nennt. Das lateinische *persuadere* heißt »überreden«. Überreden ist freilich nicht immer gleichbedeutend mit »überzeugen«. Überreden ist oft ein trickreiches »Hinter-das-Licht-Führen« …

Einige Vertreter brachten es denn nicht des Produktes wegen, das sie anpriesen, sondern ob ihrer originellen Anpreiserei geradezu zu Berühmtheit. Oft standen wir etwa am »Welser Volksfest«, wie wir es nannten, der »Welser Landwirtschaftsmesse«, wie es die Veranstalter genannt wissen wollten, die das

»Volksfest« ja nur als eine Volksbelustigung und als Begleitveranstaltung zur Messe betrachteten und sich gern mit der »Wiener Messe« verglichen sehen wollten, wie oft also standen wir vor jenen Redekünstlern an ihren Ständen, die einen Krauthobel oder ein Wundermesser oder einen Mixer anpriesen. Andererseits also fand ich es gut, dass es im Leben auch stille Menschen wie der schweigende Pichler Autoverkäufer »zu etwas« brachten, zu Abschlüssen nämlich. Manchmal nervten einen ja die »Redhäuser«, Plaudertaschen und Dampfplauderer. Es gibt den Ausdruck »Redefluss«. Ihm huldigen gern die »Redseligen«, denen alles zu »Wasser auf ihren Mühlen« wird. Ihr Redefluss ist seicht. Dagegen heißt es wieder »Stille Wasser sind tief«. Viele fischen im Trüben … Was mich selbst betrifft, hat mich eine gewisse Menschenfurcht oft schweigen lassen. Ungern habe ich mich auf manches Podium gesetzt, später aber ähnliche Einladungen überhaupt immer abgelehnt, weil mir oft erst nach den Veranstaltungen eingefallen ist, was ich doch unbedingt hätte sagen sollen, aber zu sagen vergessen hatte … Gern wäre ich schlagfertig gewesen, war es aber nicht, oder vielleicht nur am Schreibtisch, leider nicht »Stegreif«. *Stegreif* ist übrigens der alte Ausdruck für »Steigbügel« und eine Stegreifrede hält jemand, der dafür nicht einmal vom Pferd steigt, wie wir in Lutz Röhrichs »Lexikon der sprichwörtlichen Redensarten« nachlesen können.

»Das habe ich ihm dann auch verbal gesagt«, ist einer der Sprüche des berühmten »Sprücheklopfers«

Mario Basler, eines Fußball-Nationalspielers und Trainers. Ein anderer lautet: »Ich grüße meine Mama und meinen Papa und ganz besonders meine Eltern.« »Ich liebe die italienische Küche, ganz besonders mag ich Sushi.«

Ich habe in meinem Roman »Die Mühle« auch den »Mühlenärzten«, wie die Mühlenbauer allgemein genannt wurden, ein Denkmal setzen wollen. Sie sind hochspezialisierte Handwerker. Die Auto- oder Kraftfahrzeugmechaniker nennen sich heute Kraftfahrzeug-Mechatroniker. Dieser Lehrberuf wird nahezu ausschließlich von männlichen Lehrlingen ergriffen, nur 2 % dieser Berufsgruppe sind Mädchen. In den Kfz-Werkstätten dominieren heute noch die Männer, wie früher auch bei den Wiener Philharmonikern, wo seinerzeit allenfalls an der Harfe eine Frau die Saiten zupfte … Dass in den »Garagen«, den Autowerkstätten, Männer am Werk sind, ersieht man auch an den dort oft aushängenden Kalendern …

Viele alte Berufe sind erst später akademisch geworden. Wie eindrucksvoll bilden die Sprachen diese Entwicklung ab. So bedeutet das griechische *Chirurg* wortwörtlich übersetzt »Handwerker«. Ein besonderer »Chirurg« ist der *Chiropraktiker*. Man schreibt *Chirurg*, die Deutschen von Hessen bis zum Saarland sagen aber *Schirurg* und die Österreicher *Kirurg*. Akademisch geworden ist etwa auch der Lehrberuf, der heute an Pädagogischen Hochschulen und Akademien unterrichtet wird. Früher ging der Lehrer-Lehrling zu einem Schulmeister in die Lehre. Er absolvierte ein Praktikum wie ein Geselle in einem

Handwerksberuf. Und wenn er entsprochen hatte, sich auch oft bei branchenfremden Hilfsdiensten wie Ofenheizen anstellig gezeigt und bewährt hatte, sprach ihn der Schulmeister frei. Diese Karriere sieht man beispielhaft am Lebenslauf Anton Bruckners, der in Ansfelden neben und nach oder vor dem Schuldienst in der Kirche die Orgel spielte. Und am Abend hat er bei Tanzveranstaltungen auch noch aufgegeigt … Musste er bei einem Begräbnis orgeln, dann hatten seine Schüler frei …

Wir, meine Frau und ich, haben aufgehört, jeden Kratzer im Lack unseres Kleinwagens beseitigen und ausbessern zu lassen. Es sind mittlerweile schon zu viele Blessuren und »Schwachstellen«, Schrammen. Wir zählen mit, wer wie viele Schönheitsfehler verursacht hat … Eine kleinere Delle an der Tür tut nicht weh und macht uns nichts aus, wenn nur die Tür noch schließt. Sicherheit ist das einzig relevante Kriterium … Nur einmal habe ich vergessen, die hintere Seitentüre zu schließen oder »zuzumachen«, durch die ich etwas eingeladen hatte, und bin rückwärts oder, wie man in der Mundart sagt, *ärschlings* aus der Garage gerollt. Da hat die aufstehende Tür am Pfosten, also an der Türangel, das Zeitliche gesegnet und Lebewohl und Ade gesagt. Es hat krachend die Scharniere ausgerissen. Zum Glück haben wir einen kroatischen Mechaniker gefunden, der eine Autowerkstätte betreibt, die auf sogenannte preiswerte Instandsetzungen spezialisiert ist. Der Name seiner Firma heißt LUCKY CAR und auf dem Firmenschild sieht man ein lachendes bzw. grinsendes Gesicht auf einem Kühlergrill, eine vergnügt feixende Visage …

Vor gröberen Unfällen sind wir gottlob verschont geblieben. Das wird sicher auch damit zusammenhängen, dass ich stets als ausgesprochen vorsichtiger Fahrer unterwegs war. Das war wohl auch das Ergebnis eines Motorradunfalls, den ich als 20-Jähriger mit der Puch TF meines Bruders Felix erlitten habe. Ich bin auf der Bundesstraße nach Wels in Geisensheim aus einer Kurve »geflogen«, und obwohl ich mich nur leicht verletzte, war es mir eine Lehre, und ich habe dem Tempobolzen ein für alle Mal entsagt, auf dem Motorrad und später auch im Auto. Vielleicht habe ich es mit dem Langsamfahren später auch ein wenig übertrieben. Jedenfalls wurde ich einmal von der Polizei gestoppt, weil ihr meine defensive Fahrweise verdächtig vorkam. Sie hielten mich vor dem Landesgericht (!) in Klagenfurt an und überprüften Fahrzeug und Fahrer. Als einer der beiden Polizisten meinen Führerschein musterte, fragte er mich, wer denn auf dem Passbild abgebildet oder »dargestellt« sei … Ich hatte in meinem Führerschein ein Brustbild von mir aus einem Photoautomaten am Welser Hauptbahnhof, das mich als 20-Jährigen zeigte. Inzwischen war ich aber fünfzig und auf der Photographie nicht wiederzuerkennen … Nach meiner Habilitation hatte ich mir außerdem einen Rauschebart wachsen lassen, den ich ungefähr zehn Jahre lang trug, ohne dem auf Dokumenten wie dem Führerschein Rechnung zu tragen … Was das Langsamfahren betrifft, so hat sich allerdings eine »Prophezeiung« meiner Frau, ein »Kassandra-Ruf« oder besser: »Suchra-Ruf«, gewissermaßen bestätigt, die mir öfter gesagt hatte: Du wirst für dein Langsamfahren noch einmal bestraft werden …

Der Ausdruck *defensiv* und die Formulierung *defensive Fahrweise* sprechen Bände. Denn *defendere* bedeutet im Lateinischen »abwehren, Widerstand leisten, sich verteidigen«. Sein Gegenteil heißt *aggressiv*. Lateinisch *agredere* heißt »herangehen, hinzutreten«. Diese Wörter zeigen an, dass der Verkehr eigentlich als Kampf oder Schlacht zu verstehen ist, die Straße als Schlachtfeld, wo es Angreifer und Verteidiger gibt, Sieger und Verlierer, Überholende und Überholte, Langsame und Flinke, Bedächtige und Unbeherrschte …

So habe ich wohl schon damals gegen Regeln verstoßen, die die Behörde über die amtlichen Bilder, »Porträts«, für den Pass und andere Standesdokumente aufgestellt und angeordnet hat. Es ist ja genau geregelt, wie der Staatsbürger auf dem Photo aussehen und dreinschauen muss. So darf es kein Bild eines lachenden, die Zähne bei offenem Mund entblößenden Gesichts sein, es muss ein »neutrales« Bild sein, der Abgebildete darf weder lachen noch weinen. Auch *en face* ist Vorschrift. Man muss dem Amt ins Auge blicken. Und es muss ein sogenanntes Brustbild sein, darf also nur den »oberen«, nicht den ganzen und auf keinen Fall den nackten Menschen zeigen, obwohl gerade das die Identität ausmachen und zeigen würde … Man und vor allem frau darf keine Kopfbedeckung tragen, obwohl doch gerade dies auch die Individualität ausmacht. Man denke nur an den Maler Ernst Fuchs, den nur wenige ohne sein berühmtes Käppi gesehen haben, er hat es auch bei unserem gemeinsamen Mittagstisch im Pfarrhof St. Egid stets aufbehalten – oder an Niki Lauda, der nach seinem schweren Autounfall auf dem Nürburgring immer eine Kappe trug, die seine entstellenden Narben am Haupt verdeckte. Lauda hat insofern aus der Not eine Tugend, ein Geschäft nämlich, gemacht, als er auf seiner Kappe in den Jahren, als er bei Ferrari anheuerte, für eine italienische Molkerei geworben hat. Ich weiß nicht, ob der deutsche Künstler Joseph Beuys seinen Hut jemals abgenommen hat, nachts im Bett wohl sicher? Vielleicht hat er, einen bekannten Werbespruch variierend und zitierend, gesagt: Ohne den Filzhut bin ich es nicht. Wie viele Musiker vor allem der Popmusik zeigen kuriosen Kopfschmuck. Mein Sohn Markus, Journalist und Musikkritiker in Berlin, hat ein oft zitiertes Interview mit Udo Lindenberg in Hamburg geführt. Auf dem Photo steht Udo, behütet unter seinem tiefsitzenden, in die Stirn gedrückten Borsalino, neben meinem barhäuptigen, langhaarigen Sohn. Ein besonderes Problem für die »Personenstandserhebung« sind die Mode gewordenen Tätowierungen, heute Tattoos genannt. Einen Nasenring, wie ihn heute manche Jugendliche tragen, auch einen Ring in der Unterlippe, in der Zunge oder an der Augenbraue, auch einen Ohrring, kann man unter Umständen ab- oder herausnehmen und nach dem Blitzlicht des Photographen wieder einsetzen, eine Tätowierung aber lässt sich nicht auf die Schnelle entfernen, sie ist ja eingebrannt. Man nimmt sie letztendlich auch ins Grab mit … Das Entfernen eines Tattoos ist mühsam, schmerzhaft und teuer, verlangt mehrere »Sitzungen«. Der Zweck eines Hutes, der auch in geschlossenen Räumen, also immer, getragen wird, ist meistens das Unsichtbar-Machen einer Glatze, die »Beseitigung« oder Verleugnung eines Schönheitsfehlers. Es gibt den Glatzkopf aber nicht nur als Schicksal und Verhängnis, sondern auch als stolzes Markenzeichen, jedenfalls bei Männern. Das Abnehmen einer Perücke kann aber auch keine herzlose Bürokratie verlangen! In diesem Zusammenhang erinnert man sich wohl an jenen frechen Schimpansen, den im Jahr 1971 Johnny Weissmüller, Tarzan-Darsteller und Schwimmweltmeister, zu einem Interviewtermin in eine Sportsendung mitbrachte und der plötzlich Weissmüllers Gattin das Toupet vom Kopf riss, was allgemeine Heiterkeit auslöste – aber keine Schadenfreude, weil die Betroffene selbst hell auflachte … Tattoos sind Mode geworden, Tätowierstudios sind aus dem Boden geschossen. Wer im Fernsehen die Fußballspiele der Weltmeisterschaft ansieht, sieht mehr tätowierte Kicker als untätowierte, er sieht auch Frisuren und Haartrachten, die früher niemand für möglich oder schicklich gehalten hätte …

»Inkognito«, also unerkannt, zu bleiben, ist eine zur Leidenschaft gewordene Marotte von Prominenten. Freilich müssen sie, um unerkannt zu bleiben, ihre Leibwächter, »Bodyguards«, heimschicken … Kaiser Joseph II. soll dem Inkognito oft gehuldigt haben, vielleicht gerade deshalb, weil ihm, dem Aufklärer, die Unterwürfigkeit der Untertanen lästig geworden war. Bekannt ist natürlich das Bild, das den Kaiser als Ackerbauern hinter dem »heiligen Pflug« zeigt, ein misslungenes Inkognito … Unerkannt bleiben wollen natürlich auch vor allem Menschen, die etwas auf dem Kerbholz haben und vielleicht auf Steckbriefen, die in Amtsgebäuden oder in Bahnhöfen oder Grenzstationen aushängen, zur Fahndung ausgeschrieben sind. Es gibt gleich auf mehreren Fernsehkanälen Formate, die auf Verbrecherjagd aus sind. Beträchtliche Summen werden an Polizeidienststellen für »zweckdienliche Hinweise«, die zur Ergreifung von Tätern führen, ausgelobt. Auch Udo Proksch hatte, nachdem er zur Fahndung ausgeschrieben und in Fernost untergetaucht war, sein Aussehen so sehr verändert, dass er eigentlich nicht wiederzuerkennen war, als man zuletzt seiner doch habhaft wurde … Bankräuber bedienen sich der Maske, des über den Kopf gezogenen Seidenstrumpfes, der den Träger unkenntlich, aber nicht blind macht, weil er durchsichtig ist. Geradezu berühmt wurde jener Bankräuber, der eine Faschingsmaske mit der Physiognomie des amerikanischen Präsidenten Ronald Reagan trug. Das hätte Bertolt Brecht noch erleben sollen! Von ihm stammt der kapitalismuskritische Sager: Bankraub ist eine Unternehmung von Dilettanten, wahre Profis gründen eine Bank! In Zeiten der Pandemie sieht man in den Banken nur noch Menschen mit Masken, vor und hinter den Schaltern …

Ein besonders passionierter, aber auch krimineller Autofahrer war der wegen mehrerer Frauenmorde schließlich zu lebenslanger Haftstrafe verurteilte

Jack Unterweger, der so gerne Weißgekleidete mit seiner pechschwarzen Seele … Weiß – die Farbe der Unschuld … Als er nach einer ersten Verurteilung wegen der besonders grausamen Ermordung eines Mädchens, einer Autostopperin, die er mit ihrem Büstenhalter stranguliert hatte, auch durch Fürsprache und Vermittlung prominenter Journalisten und Schriftsteller für den »Häfen-Literaten«, darunter Elfriede Jelinek, Ernest Bornemann, Erika Pluhar, Ernst Jandl, Erich Fried, Barbara Frischmuth, Günter Grass, die in ihm auch wegen seines Buches »Fegefeuer oder die Reise ins Zuchthaus« einen begabten Kollegen sehen wollten, freigekommen war, folgte eine zweite Serie von Morden, vor allem in Amerika, die ihm zum Verhängnis wurden und ihn zurück ins Gefängnis brachten, wo er schließlich nach der Verurteilung (lebenslang ohne Aussicht auf Begnadigung) Selbstmord beging. Nach seiner völlig misslungenen »Resozialisierung« ist er als Fahrer einer schweren weißen amerikanischen Limousine, eines *Ford Mustang, Mach 1* (1971), durch Geschwindigkeitsübertretungen wiederholt der Polizei aufgefallen … Er war nicht nur ein Schwerverbrecher und Serienmörder, sondern auch ein Kleinkrimineller. Als wir, der Leiter der Klagenfurter Landhausbuchhandlung Erwin Brunner und ich für den PEN-Club ihn, Unterweger, wegen einer »Fegefeuer«-Lesung kontaktierten, erzählte er lachend, dass er wieder einmal der Polizei, die ihn wegen Schnellfahrens auf der Autobahn verfolgte, nachts durch Ausschalten der Scheinwerfer und »Blindflug« davongefahren wäre und ein Schnippchen geschlagen habe, sodass die Ordnungshüter das Nachsehen gehabt hatten …

Als Sohn eines amerikanischen Besatzungssoldaten und einer Österreicherin, einer Kellnerin, die er selbst wahrheitswidrig als Prostituierte bezeichnete, hatte er einen amerikanischen Spleen und ein Faible für »Amischlitten«. Bei den Vernehmungen in Amerika sprach er ein sehr österreichisches Amerikanisch. Dieses merkwürdige österreichisch gefärbte Amerikanisch hat der Englischlehrer Ernst Jandl in Konkreter Lyrik und Sprechgedichten überzeugend »verlautbart« und »vorgeführt«. Heute kann man es etwa ähnlich auch in Interviews des aus Thal bei Graz gebürtigen Schauspielers Arnold Schwarzenegger, der es bis zum Gouverneur Kaliforniens brachte, hören …

»In Cold Blood« heißt ein Buch von Truman Capote, auf Deutsch »Kaltblütig«. Es ist das Ergebnis von Besuchen Capotes bei zwei zum Tod verurteilten Mördern, Dick Hickock und Perry Smith, die auf ihre Hinrichtung warten, zu der er sie schließlich begleitet. Der Todesstrafe ist Unterweger freilich entgangen, weil sein Prozess in Österreich, in Salzburg, stattfand …

Ganz allgemein gilt wohl, dass Kriminelle beim Publikum, etwa auch bei jenen, die im Fernsehen keinen Krimi versäumen, mehr Interesse finden und erwecken als harmlose Durchschnittsbürger. Vielleicht erinnert man sich an Bundeskanzler Bruno Kreiskys Ausspruch: »Bürger entrüsten sich leidenschaftlich gern« – vielleicht auch, um sich selbst selbstgerecht als vergleichsweise anständig zu genießen … Einen kryptischen Titel hat freilich Oskar Kokoschka für sein 1909 geschriebenes Theaterstück, das erste expressionistische Drama der Literaturgeschichte, gewählt: »Mörder, Hoffnung der Frauen«. Dies ist der endgültige Titel des schwer lesbaren und schwer verständlichen Textes, der ursprünglich nur »Hoffnung der Frauen« lautete, den Kokoschka aber schließlich, um das prekäre Geschlechterverhältnis noch deutlicher und drastischer zu machen, um das vorangestellte *Mörder* erweitert hat. Darf man daran erinnern, dass Unterweger eine Grazer Juristin als »Anwältin« gewann, die ihn, den Lebenslänglichen, schließlich im Gefängnis »betreute«. War Unterweger nicht nur ein Frauenmörder, sondern auch ein »Frauenversteher«? Die Juristin hat schließlich auch Jack Unterweger beerbt. Im Photo zu einer Reportage in den Medien zeigte sie stolz jenen weißen Anzug, der zu Unterwegers »Markenzeichen« geworden war… Neuerdings ist sie auch mit einem Buch über den Kriminellen Josef Fritzl aus Amstetten, der seine Tochter jahrelang in einer Kellerwohnung festgehalten und mit ihr mehrere Kinder gezeugt hat, hervorgetreten, Fritzl, das »Monster von Amstetten«, wie er in einem Dokumentarfilm genannt wurde.

Georg Trakl schreibt in einem Brief an seinen Mentor, den Herausgeber der Zeitschrift *Der Brenner* Ludwig von Ficker, am 16. Juni 1913: »Ich bin gewiß, dass ich das Böse nur aus Schwäche und Feigheit unterlasse und damit meine Bosheit noch schände. Ich sehne den Tag herbei, an dem die Seele in diesem armseligen, von Schwermut verpesteten Körper nicht mehr wird wohnen wollen und können, an dem sie diese Spottgestalt aus Kot und Fäulnis verlassen wird, die ein nur allzu getreues Spiegelbild eines gottlosen verfluchten Jahrhunderts ist. Gott, nur einen kleinen Funken reiner Freude – und man wäre gerettet; Liebe – und man wäre erlöst …«

Eine besondere Zuneigung, eine unerwiderte, einer wunderbaren Frau und großen Schauspielerin zu einem Kriminellen, wenn auch nicht Mörder, so doch immerhin Bankräuber nach längerer Haft, konnte das Fernsehpublikum in der vom Schauspieler Dietmar Schönherr moderierten Sendung »Je später der Abend« 1972 miterleben, als Romy Schneider Burkhard Driest vor laufender Kamera bewundernd Avancen machte, indem sie den Arm des im Lederdress erschienenen Driest berührte und sagte: »Sie gefallen mir, Sie gefallen mir sehr.«

Ein »Auto-Buch« besonderer Art hat Albert Drach geschrieben: »Untersuchung an Mädeln«. Es ist ein köstliches, boshaftes Buch im vom Juristen Drach, der im »Zivilberuf« Rechtsanwalt war, erfundenen oder in die hohe Literatur eingeführten Protokollstil. Und es ist der Klassiker zum Thema Autostopp. Per *Autostopp*, deutsch *Anhalter*, zu reisen, war in den 50er Jahren unter Jugendlichen sehr beliebt. So haben Studenten in den Ferien oft geradezu Weltreisen unternommen. Studenten – und Studentinnen! Oft auch »pärchenweise«. Das Mädchen stand am Straßenrand und hielt eine Tafel in Händen, auf der die Destination stand, der Name der Stadt oder des Landes, wohin man oder frau gern mitgenommen werden wollte. Und wenn ein Autofahrer anhielt, kam oft zu seiner Überraschung ein männlicher Reisebegleiter des Mädchens zum Vorschein, der sich am Straßenrand im Gebüsch versteckt hatte. Dass lüsterne Autofahrer eine solche Mitfahrbitte als Wunsch zur Kontaktanbahnung missverstehen könnten, ist Gegenstand unzähliger pädagogischer Warnungen an die reiselustigen Jugendlichen, vor allem Mädchen, von deren besorgten Eltern. Das Autostoppen konnte zur Gefahr werden, für die Autostopper, aber auch die Autofahrer. Im Falle eines Unfalles konnte der Lenker von der Versicherung belangt und zur Kasse gebeten werden. Eigentlich hätte er durch einen Vertrag für diese Eventualität vorsorgen müssen. So gab es bald viele Vorsichtige, die sich grundsätzlich weigerten, jemanden mitzunehmen. So ist das Autostoppen im großen Stil aus guten Gründen aus der Mode gekommen. Und die Jugendlichen konnten per Eisenbahn und mit Sonderangeboten nahezu gratis durch ganz Europa reisen … In Albert Drachs Hauptwerk »Untersuchung an Mädeln« geht es darum, dass gegen zwei Autostopperinnen, die attraktiven Esmeralda Nepalek und Stella Blumentrost, Anklage erhoben wird, weil sie den »Stechviehhändler« Joseph Thugut, der sie mitgenommen und belästigt und »benützt« hatte, mit dem Wagenheber erschlagen haben sollen … Es gilt die Schuldvermutung …

Es gibt eine schier unendlich reiche, auch philosophische Literatur über das Phänomen der Grenze. *Un-* oder *ohnendlich* selbst, also das Wort, indiziert Grenzen- oder Schrankenlosigkeit und »Unbeherrschbarkeit«. Wirklich frei ist der Mensch nur in engen Grenzen und sehr *eingeschränkt.* Das beginnt bei den Zehn Geboten Gottes im Alten Testament. Man *soll* oder *darf* nicht oder *muss* so vieles … Wer aber bestimmt und wer schreibt vor, wer zieht die roten Linien? Wer ahndet, pönalisiert und bestraft die Übertreter und Übeltäter? Wir erlebten wohl eben in der Covid-Pandemie eine veritable Krise aller Autoritäten. Scharenweise zogen praktisch täglich »ungeimpfte«, einer vernünftigen medizinischen Empfehlung der Politik widersprechende Verschwörungstheoretiker und Abweichler mit unterschiedlicher, meist rechtsradikaler Motivation durch die Städte, beschimpften (oder bespuckten) Polizisten und »Ordnungshüter«. Einige zeigten sogar den verbotenen Hitler-Gruß! Die »Staatsmacht« wirkte machtlos … »Ja dürfen s' denn des?«, fragte 1848 der »gütige« Habsburger Kaiser Ferdinand naiv verwundert, als man ihm meldete, dass aufgebrachte Bürger den Rasen im Burggarten niedertrampelten … Wenn Grenzen nicht mehr respektiert, sondern ignoriert werden, herrscht Anarchie.

Eben hat der Rektor der Universität Klagenfurt, an der ich 30 Jahre unterrichtet habe, Oliver Vitouch, großes öffentliches Aufsehen erregt, weil er gesagt und geschrieben hat, dass radikale Impfgegner, also Menschen, die der Medizin und allgemein der Wissenschaft absolut und fundamental ablehnend gegenüberstehen und ihr misstrauen, als Studierende an der Universität »nichts zu suchen« oder »nichts verloren« hätten. Man müsse sie konsequenterweise abweisen und nicht immatrikulieren lassen, wo sie doch der Vernunft, als der Grundlage und Grundvoraussetzung aufgeklärter Wissenschaft, verständnislos und verachtend gegenüberstehen … Recht hat er!

Was Grenzen bedeuten, hat man als Bauerngebürtiger sehr konkret auf dem Land erlebt und erfahren. Wenn sich Bauern seinerzeit »bekriegten«, dann war sehr oft ein Grenzstreit Auslöser der Entzweiung. Es ging und handelte sich häufig um »Marksteine«, in bairisch-österreichischer Mundart um das *mori*, die im Grundbuch eingetragenen und im Gelände eingegrabenen *Marksteine*. Von Bauern, die solche Steine ausgruben und frech »versetzten«, abgesehen, gab es vor allem auch »Markschinder« (*morischinta*), Bauern, die beim Ackern (»Pflügen«) »hinübergrasten« und Grenzen missachteten. So wurden Streitsachen ausgetragen und die Rechtsanwälte wie etwa Ludwig Thoma in Dachau hatten viel zu tun …

Als mein Vater, ein Bauernsohn aus dem Innviertel, der als das jüngste von neun Kindern des Asingbauern in Holzhäuseln, Gemeinde Tumeltsham bei Ried im Innkreis, als »weichender«, also nicht erbberechtigter Sohn die Müllerei erlernte und sich dann hauptsächlich vom Ersparten und vom »Heiratsgut«, der »Mitgift«, seiner Frau, einer Bauerntochter aus Schnalla namens Theresia Angleitner, die Aichmühle (*Oemü:*) in Pichl bei Wels kaufte und aus dem Innviertel ins Hausruckviertel zog, bekam er alsbald einen bösen Streit mit seinem neuen Nachbarn, dem »Huf- und Wagenschmied« Hans Wimmer, und vor allem mit dessen Gattin, die auf einen Teil des sogenannten Blochplatzes vor der Sägemühle Besitzansprüche geltend machen wollten. Das war der Beginn einer lebenslangen Feindschaft, in die auch wir, die sieben Kinder des Müllers, »eingebunden« waren … Trotzdem hielten wir Brüder uns gern in der Schmiede auf, wenn der Meister nicht anwesend war, um dem dramatischen Geschehen beim Pferdebeschlagen oder den Hantierungen an der Esse, dem Härten glühender Eisen beim Eintauchen ins Wasserbad zuzuschauen …

Meine Karriere als Gesetzesbrecher war, rückblickend betrachtet, nicht spektakulär oder dramatisch. Immerhin hat mich die Polizei einmal bei der Tankstelle und Autowerkstatt Friedrich Humer in Schmiding »erwischt«, als ich ohne Führerschein, ich war ja erst 16, unterwegs war. Damals wurde ich in die Bezirkshauptmannschaft Wels zitiert und vom Bezirkshauptmann persönlich zurechtgewiesen und »belehrt«. Später habe ich manchmal »inkognito«, also unerkannt und unkontrolliert, Zoll- und Landesgrenzen, vor allem nach und aus Italien bei Tarvis überfahren und sozusagen den Rubikon überschritten, oft freilich von Zöllnern durchgewunken … Und nicht immer habe ich mich und die Behörde an alles erinnert, was wir im Ausland eingekauft hatten – und nun zu deklarieren vergaßen … Seinerzeit auch vor allem Zigaretten. Als ich Nichtraucher wurde, waren die Versuchungen zum Schmuggeln später schließlich nicht mehr sehr groß. Die strengste Kontrolle musste ich einmal in Wullowitz, bei der

Ausreise aus Österreich nach Tschechien, damals noch Tschechoslowakei, über mich ergehen lassen, eine Kontrolle meines Reisepasses, nicht des Führerscheins. Ich war damals ja nur Mit- oder Beifahrer des Diplomaten und Schriftstellers Peter Marginter (»Der Baron und die Fische«). Wir waren unterwegs zu einer Lesung in Prag, mit Marginters altersschwachem VW Käfer, über den ich mich bereits in Wien beim Einsteigen gewundert habe, weil ich wohl erwartet hatte, Diplomaten würden nur mit großen Dienstwagen von BMW oder Mercedes und natürlich mit Chauffeur reisen. Der Käfer war aber nur das Privatauto eines Dichters, nicht eines höheren Beamten, das Auto eines »armen Poeten«, wie Carl Spitzweg einen gemalt hat. Ein eigenartiges Detail dieser Fahrt ist mir in lebhafter Erinnerung geblieben: Wir fuhren auf einer kurvigen Landstraße lange hinter einem sehr desolaten und zerlemperten Autobus her. Immer wenn Marginter überholen wollte und zum Ausscheren ansetzte, gab es wieder ein Hindernis, ein entgegenkommendes Auto, Tatra oder Skoda, oder eine Kurve, sodass wir das begonnene Überholmanöver wieder abbrechen und uns hinter dem Bus einreihen mussten. Als wir schließlich doch überholen konnten, sahen wir mit Erstaunen, dass der altersschwache Autobus von einem Traktor gezogen und offenbar abgeschleppt wurde, also nicht mit eigenem Antrieb unterwegs war.

Trotz dieses Erlebnisses habe ich mich nie an der herablassenden »germanischen« Hybris gegenüber den slawischen Nachbarn beteiligt. Dafür empfand ich viel zu viel Respekt vor der Musik Smetanas, »Die Moldau« und vor allem Antonin Dvořáks »Symphonie aus der Neuen Welt«, an denen ich mich nicht satthören kann. Ich kann freilich auch über Thomas Bernhards »Gehen« schmunzeln, wo sich der Protagonist eine Hose kauft und ein Exemplar nach dem anderen prüft, indem er es gegen das Licht hält, und zupft und repetierend befindet: Tschechoslowakische Ausschussware! Völlig abwegig hingegen erscheint einem natürlich, wenn der Maler Arnulf Rainer über seinen Kollegen, den Bildhauer Alfred Hrdlicka, urteilt, er mache »tschechoslowakische Kunst«. Wegen des Namens *Hrdlicka*, der auf Deutsch »Turteltaube« bedeutet und einen »milden«, ruhigen Menschen und Taubenzüchter bezeichnet? Eigentlich recht unpassend für den kämpferischen, auch ein wenig streitsüchtigen »Stalinisten«, wie er sich einmal bezeichnete … Ich jedenfalls möchte mich, wie in meiner »Lebensreise«, noch einmal ganz tief vor Alfred Hrdlickas Porträtbüste der von den Nazis ermordeten Schwester Maria Restituta Kafka im Stephansdom verneigen!

Einen einzigen nennenswerten Autounfall, wenn auch ohne Personenschaden, habe ich oder haben wir als Familie erlebt oder erlitten, als wir aus dem Saarland nach einem Besuch bei alten Freunden Richtung Österreich zurückfuhren. Wohl schon übermüdet, aber doch entschlossen, nicht noch einmal unterwegs Quartier zu nehmen, sondern »durchzufahren«, produzierte meine Frau einen Auffahrunfall, merkwürdigerweise im Marienwallfahrtsort Altötting … Es gab einen lauten Knall und die Mitbringsel in unserem Kofferraum wirbelten gewaltig rumpelnd durcheinander. Die sogenannte Stoßstange hatte den Zusammenprall mit dem Auto des »Unfallgegners« nicht gemindert, sie hatte sich vielmehr von unserem Auto verabschiedet und lag »freigesetzt« im Rinnstein. Im Kofferraum hatten wir nicht nur die Koffer und einen Rucksack, sondern auch jede Menge Geschirr der Marke Villeroy & Boch geladen, das wir im Saarland durch »Verbindungen« zum Werk in Mettlach günstig hatten erwerben können … Auch einen Vogelbauer, einen Käfig, hatten wir erstanden, für unseren Kanarienvogel in Klagenfurt, der, ursprünglich von den tierliebenden Schwiegereltern angeschafft, nun bei uns das sogenannte Gnadenbrot (fr)aß … Sohn Markus auf dem Rücksitz wurde gegen die Rückenlehne der Vordersitze gedrückt, nahm es aber erstaunlich gelassen – und erkundigte sich bei Mama, ob jetzt das schöne Geschirr kaputt sei? Nein. Wir hatten das sprichwörtliche Glück im Unglück. Im Ergebnis war aber das Auto nicht mehr unmittelbar brauch- und fahrbar, und uns stand eine lange unruhige Nacht mit Warten und Anrufen bei der Polizei, beim Pannen- und Abschleppdienst des ÖAMTC und bei meinem Bruder in Pichl bei Wels bevor, der uns schließlich noch in der Nacht, die wir bis dahin traurig mit zwei kleinen Kindern in einer Nachtbar (!) sitzend und Cola konsumierend verbracht hatten, in Braunau abholte … Ein Mechaniker aus Pichl hat das Wrack Tage später abgeschleppt und repariert.

Noch heute bin ich dankbar und froh, dass wir es bei unserem Unfall mit einem sehr noblen und moderaten »Unfallgegner« zu tun hatten, der, obwohl augenscheinlich im Recht, nicht auftrumpfte und keineswegs ausfällig wurde, wie man es bei ähnlichen Unglücksfällen erleben kann, wenn sich die Kontrahenten beschimpfen und beflegeln, sich gegenseitig die Schuld zuschieben, und erst die verständigte und zugezogene Polizei die erhitzten Gemüter abkühlen und besänftigen muss. Wenn sich zwei Autofahrer oder Autofahrerinnen nach einem Unfall gegenüberstehen und die Verschuldensfrage geklärt werden soll, dann werden schnell und oft aus *Kon-trahenten* (von *contrahere*, »mitziehen«) *Kontra-henten*. Eigentlich bezeichnet *Kontrahent* ja ursprünglich einen, der etwas mitmacht und mitträgt, am selben Strang zieht, wie es auch im Wort *Kontrakt* (*Ehekontrakt*), also einer *Vereinbarung*, zum Ausdruck kommt. Im Unfall-Fall aber werden die *Kontrahenten* alsbald zu *Antipoden* (wörtlich »Gegenfüßler«) und zu Feinden, zu *Antagonisten*, von Mitspielern zu »Gegenspielern«. In heute abgeschlossenen *Ehekontrakten* wird bei der sogenannten »Gütertrennung« schon der mögliche Konfliktfall bei Trennung oder Scheidung »angedacht«. In *Antagonist* steckt das griechische Wort *agon* – der »Kampf«. *Agonie* aber ist der »Todeskampf«, eigentlich und genau genommen das Ende des Kampfes, des »Lebenskampfes«. Ich habe in meiner Autobiographie eines klassischen Philologen gedacht, des verstorbenen Südtiroler Latein- und Griechischlehrers am Meraner Gymnasium, des Ladiners Raimund Senoner aus St. Ulrich im Grödnertal, eines Mitbewohners im Wiener Studentenheim der Katholischen Hochschulgemeinde in der

Ebendorferstraße, der mit einer Dissertation »Der Redeagon bei Euripides« promovierte – oder akademisch richtiger: promoviert wurde. Den Kämpfen, den Faustkämpfen in den klassischen griechischen Tragödien, den »Waffengängen«, gingen Reizreden voraus, Redeschlachten, Beleidigungen vor der Verletzung bis hin zum Todesstoß … Und oft ist es ein einzelnes Wort, das fällt, ein Tabuwort, das den *point of no return* markiert … Das Schicksal nimmt seinen Lauf, der Rubikon ist überschritten. Der Worte sind genug gewechselt, jetzt lasst uns endlich Taten sehn … Als besonders verwerflich galt es in grauer Vorzeit, die Eltern des Gegners, vor allem die Mutter, zu schmähen (»Du Sohn einer …!«). Im Alten Hildebrandslied ist es bekanntlich die »Verbalinjurie«, als der freche Sohn den alten Vater, den er aber nicht erkennt (oder erkennen will?), einen »alten Hunnen« und Schwindler nennt, die das Unheil in Gang setzt. Bei den Schimpfwörtern, die sich heute, etwa nach einem Unfall mit Blechschaden, die ausgestiegenen Fahrer gegenseitig an den Kopf werfen, rangiert sicher der Name jenes rückwärtigen Körperteils an vorderster Stelle, wo »der Rücken seinen anständigen Namen verliert« … Nachzulesen und nachzuschlagen etwa in Astrid Wintersbergers »Der kleine Wappler. So flucht und schimpft Österreich« oder auch in Günther Jontes' »Steirischem Schimpfwörterbuch«. »Sie haben wohl den Führerschein in der Lotterie gewonnen!« »Haben Sie keine Augen im Kopf?« Auto- und Autofahrerwitze füllen Bände. Hier zwei zur Probe, die ich mir gemerkt habe, obwohl ich gerade bei Witzen sehr vergesslich bin: Erstens: »Rechts geht's« waren die letzten Worte des Beifahrers.

Zweitens: Wie sagt man, wenn zwei Mercedes kollidieren? Krieg der Sterne …

Ich bin selten ausgerastet, war ich zu friedliebend oder einfach zu feig? Manchmal wurde ich deswegen gescholten. Etwa von meiner Frau, wenn ich, vom Ober nach einem »misslungenen« Mahl nach der Zufriedenheit gefragt, sagte: »Danke, sehr gut«, wo etwa ein *genügend* oder manchmal ein *nicht genügend* angebracht gewesen wäre. Ausweichen war lebenslang meine Devise. In der Philosophie kennt man ein Verhalten, das als *Epoché*, als »Urteilsenthaltung«, bezeichnet wird. Darauf berufen sich auch die sogenannten Agnostiker, die im Gegensatz zu den Atheisten nicht die Existenz Gottes, sondern die Möglichkeit, sie zu erkennen, leugnen. Atheisten sind nicht nur im Diskurs, sondern auch praktisch und oft auch politisch Gegner und Feinde der Theisten, der »Gottgläubigen«, also der an (einen) Gott Glaubenden, Agnostiker sind unentschieden und »gleichgültig«, toleranter und gutmütiger gegenüber den Religiösen … Der Atheismus war in vielen Ländern Staatsreligion. Gern zitiere ich Arnold Stadler, den Büchner-Preisträger aus Meßkirch in Baden-Württemberg: »Auch der Unglaube ist nur ein Glaube.«

Bei einem Klassentreffen der Volksschulabgänger von Pichl bei Wels wurde ich aber einmal daran erinnert, dass ich, der angeblich Friedfertige, eine Mitschülerin, über die ich mich beim Schlittenfahren geärgert hatte, weil sie mich verspottete, unbarmherzig an ihren langen Zöpfen gerissen hatte, so sehr hatte ich mich in sie, die Mühlberger Anni, »verbissen« … Rohe Gewalt, wie sie heute auch in Krimis im Fernsehen oft dargestellt wird, wenn etwa brutale Schläger noch auf am Boden liegende Gegner eintreten, hat mich immer abgestoßen. Der sogenannte Brutalismus in der Baukunst, der ehrlich und realistisch nichts »vertuscht« und verziert, sondern beispielsweise den Sichtbeton gegenüber verputzten Ziegelmauern präferiert, hat mir aber immer gefallen. Die Architekten Gustav Peichl, Günther Domenig, Wilhelm Holzbauer, aber auch den Maler-Architekten Friedensreich Hundertwasser und den Bildhauer-Architekten der Kirche in Wien-Mauer, Fritz Wotruba, bewundere ich. Die Kunstkritik hat in manchen Werken von Malern keinen Brutalismus, sondern einen Hang zur sogenannten *Art brut* erkennen wollen. Also einen Zug zum Primitiven, Ungeschlachten, Naiven. Das französische *brut* bedeutet »roh«. Es kommt vom lateinischen *brutus*, das »schwerfällig« und auch »unvernünftig« bedeutet. Zum Wesen der *Art brut* gehört das Unakademische, Amateurhafte, eine Absage an das Raffinierte und die »gekünstelte Kunst« der Hochkultur … Der bedeutendste Maler der *Art brut* und zugleich ihr strenger Theoretiker ist Jean Philippe Arthur Dubuffet (1901–1985). In gewisser Weise sind auch die Fauvisten, als »die Wilden« zu übersetzen, Wegbereiter oder Wegbegleiter der *Art brut*. Ich war erstaunt (und ein wenig stolz), als ich sah, dass der Deutsche Taschenbuch Verlag zur Gestaltung der Umschläge von dreien meiner Bücher Bilder von Dubuffet verwendet hatte, unter anderem für »Zu Lasten der Briefträger« und für den Essayband »Romulus und Wörthersee«. Das Bild für mein »Poetisches Wörterbuch« trägt den Titel »Casse gamelle«, wohl als Bezeichnung für jemanden, der Kochgeschirr zerbricht, zu übersetzen. Man sieht atomisierte Keramik…

Doch zurück zur »primitiven Brutalität«: Einmal sah ich in Kusel in Rheinland-Pfalz an einem Samstagabend, also wirklich an »Sonnabend«, vor einem Gasthaus zwei junge Burschen zwischen geparkten Autos so heftig raufen, dass, wie man gern sagt, »die Fetzen flogen«. Und es floss Blut… Mit bloßen Fäusten malträtierten sie einander, auch vor Publikum, vor anderen Jugendlichen, auch Mädchen, die die Raufbolde aber nicht besänftigen, sondern im Gegenteil »ermuntern« wollten – jeder wurde von seinen Anhängern und Anhängerinnen angefeuert und aufgestachelt. Die Mundart kennt für das Aufstacheln den Ausdruck *aufhussen*. Andreas Schmeller schreibt im Bayerischen Wörterbuch, *Huss* sei ein »Hetzruf«, den der Jäger dem Hund zuruft, und von diesem »Urlaut« der »Kommunikation« sind die Verben *anhussen* und *aufhussen* abgeleitet… Erst als ein Herr mittleren Alters, der Vater des sichtlich schwächeren und unterlegenen Burschen, weinend dazwischentrat und seinem Sohn beistand (»Der bringt ja meinen Buben um!«), hatte das Verdreschen ein Ende und die Streithähne gingen auseinander… Ein Bursch unter den Schlachtenbummlern tat sich aber hervor und wollte den entsetzt besorgten Vater am Eingreifen und

Schlichten hindern. Immer schrie er: »Lass sie doch! Ist doch ein fairer Kampf!« In der Fernsehsendung »Aktenzeichen XY ungelöst« werden manchmal couragierte Menschen geehrt, die Mitmenschen heroisch beigestanden sind und so Mord und Totschlag verhindert haben, während andere achtlos die schrecklichen Dinge laufen ließen. Vielleicht sind die Gleichgültigen durch den täglichen Konsum von Krimis mit ihren drastischen Brutalszenen und den unzähligen Leichen, die in der Pathologie analysiert und seziert werden, so abgestumpft und »desensibilisiert«, dass sie das reale Geschehen als eine Art Kino und Film ansehen, ja vielleicht mit ihren Handys selbst mitfilmen?

Erst neulich war im Fernsehen davon die Rede, dass ein 25-Jähriger mitten in Klagenfurt auf eine 50-jährige Frau ohne ersichtlichen Grund mit einem Messer eingestochen und sie schwer verletzt hat. Von dieser »Szene« gibt es, wie es in den Nachrichten hieß, eine Videoaufnahme, die man aber aus Rücksicht auf »die Beteiligten« (also auch den Täter?) nicht zeigen wolle. Ja, hat denn jemand gefilmt, ohne zu helfen und einzugreifen und das Schlimmste zu verhindern? Dass die Bilder aus einer Überwachungskamera eines nahen Geschäftes stammen, klang wenig plausibel … Peter Handke hat eine sehr anschauliche Geschichte zu diesem Thema geschrieben, den »Augenzeugenbericht«, und daraus dann das Theaterstück »Das Mündel will Vormund sein« entwickelt, das 1968 unter der Regie von Claus Peymann am Frankfurter Theater »Am Turm« uraufgeführt wurde. Ein genauer Beobachter sieht zu und beschreibt detailliert und minutiös, wie ein ungeschlachter, sichtlich beeinträchtigter und entmündigter Bursch seinen Vormund, den Bauern, in einen Rübenhackstock zwingt und den Kopf abhacken will ... Erst dann fällt ihm der interessierte Zuschauer, der »Augenzeuge«, in den Arm und verhindert im letzten Augenblick das Schlimmste. Unter dem Titel »Der gewöhnliche Schrecken« hat Handke auch eine Anthologie mit »einschlägigen« Texten und Geschichten von H.C. Artmann, Thomas Bernhard, Elfriede Jelinek, Barbara Frischmuth u.a. publiziert.

Zwei Schritte zurück zum Auto und zum Straßenverkehr. Ein »Hauptwort« des Verkehrs und der Verkehrsregelung ist heute die Ampel. Dem Wort *Ampel* sieht man seine Herkunft aus dem Griechischen nicht mehr so ohne weiteres an wie dem *Auto*. Es wird aber in einigen Einführungen in die Etymologie als Beispiel für die sprachliche »Allgegenwart« des klassischen Altertums auch in unserer Zeit an- und vorgeführt. Die *Ampel* ist so gesehen und vereinfacht ausgedrückt die griechische *Amphore*, unter Wegfall der beiden seitlichen Henkel ... Die Lateiner hatten das wurzelverwandte *ampulla*, das im »Ausführlichen lateinisch-deutschen Handwörterbuch« von Karl Ernst Georges als Diminutiv bezeichnet wird. Das griechische Wort *amphoreos* ist ein Kompositum, also ein zusammengesetztes Wort aus *ambi* (wie in *ambivalent*) und *phore* von *pherein*, »tragen, bringen«. Die griechische Amphore wird definiert als »bauchiges, enghalsiges Gefäß mit seitlichen Haltegriffen, zum Aufbewahren von Salben, Öl und anderen Flüssigkeiten«. Das Grundwort *pherein* bedeutet, wie das wurzelverwandte lateinische *ferre* mit der Grundbedeutung »tragen«, auch »bringen« – ein semantischer Tausendsassa unter den Lexemen. Im ersten Griechisch-Jahr im Kollegium Petrinum in Linz lernten wir dieses vielsagende Wort anhand des griechischen Sprichworts kennen: *He nike timen ferei* (»Sieg bringt Ehre« bzw. »trägt, bringt Ehre ein«). Den Begriff *time*, »Ansehen, Ehre«, kennen wir im Fremdwort *ästimieren* … Ich möchte die Ampel in meinen Einführungen aber nicht nur zu Ausflügen in die Sprachgeschichte heranziehen, sondern auch im linguistischen Sinn zur Erklärung einiger Grundbegriffe der Informationstheorie. Wie einprägsam lässt sich anhand der Ampel der Unterschied zwischen natürlichen Zeichen und konventionellen Zeichen erklären! Es ist keine natürliche, sondern eine »ausgemachte«, also auf Übereinkunft beruhende »Setzung«, dass die Farbe Grün die Erlaubnis zum Gehen oder Fahren bedeutet und Rot den Befehl zum Anhalten. Das mittlere Orange verlangt oder erlaubt nichts, es fordert auf, sich auf die Umstellung von Grün zu Rot (oder umgekehrt) einzustellen und vorzubereiten und den Kreuzungsbereich freizumachen oder zu bremsen … So hat man, die Verkehrspolizei, der Staat, es festgesetzt. Rein theoretisch könnte es auch umgekehrt sein, dass man Grün zum Anhalten und Rot zum Losfahren normiert hätte. Freilich sind die Farben über ihre Verwendung auf der Ampel hinaus von symbolischer Bedeutung. Rot ist die Farbe des Feuers, also von Gefahr und Bedrohung. Grün ist die Farbe des Wachstums und der Fruchtbarkeit. »Grau, teurer Freund, ist alle Theorie. Und grün des

Lebens goldner Baum«, heißt es in Goethes »Faust«. Ein wenig verwirrend, was Mephisto seinem Schüler da zu bedenken gibt, wenn Chlorophyll im übertragenen Sinn als *golden* bezeichnet wird. Aber dem Verfasser der »Farbenlehre« wird man nicht widersprechen wollen … Von Bedeutung ist natürlich auch die *Position* der Farben. Rot ist zuoberst und herausragend, sozusagen an erster Stelle, weil es zu missachten katastrophale Folgen hätte. Grün ist unten, weil es eine Lizenz, eine Erlaubnis, signalisiert. Wenn jemand diese Erlaubnis nicht in Anspruch nimmt, ist das kein Malheur. Es könnte allenfalls sein, dass ihm jemand boshaft zuruft: »Es ist grün, grüner wird es nicht, du Schlafmütze!« Die Fußgängerampel allerdings operiert nicht nur mit den normierten Farben, sondern auch mit dem *natürlichen* Zeichen, dem »Abbild«, eines Fußgängers, der bei Grün ausschreitet, bei Rot aber steht und stehen bleibt, bis die Ampel umschaltet. Sie operiert also doppelt, natürlich und konventionell … Natürliche Zeichen versteht jeder und jede, auch der Analphabet oder die Analphabetin. Sie sind ihm oder ihr schließlich ja auch vertraut von den Toilette-Anlagen. In jüngster Zeit ist eine Diskussion entbrannt, weil das Ampelmännchen für den Fußgängerübergang als generisches Maskulinum und Zeichen des Patriarchats empfunden und gedeutet wurde, als müssten nur Männer gehen dürfen oder stehen bleiben … So entwickelte man das Ampelpärchen, Mann und Frau. Damit nicht genug, hat man alle anderen Möglichkeiten, zwei (schwule) Männchen als Pärchen oder zwei (lesbische) Frauen, verwirklicht und damit ein politisches Statement für

Gleichberechtigung abgegeben. Es bleiben aber bei jeder Kombination Leute »auf der Strecke«, die sich ausgeschlossen fühlen könnten. Wo auch bleiben die Kinder, wo die Alten, die am Stock gehen…

Selbst ein vollständiger Analphabet oder eine Analphabetin wird wissen, wo er oder sie hineingehen darf und wo nicht. Sie können die natürlichen Zeichen »lesen«. Viele Gastwirte zeigen Humor, indem sie ihre Anlagen nicht mit Wörtern (*Herren* oder *Damen*) markieren, sondern mit sprechenden Bildern, sogenannten Piktogrammen. Hier in Klagenfurt gibt es ein Lokal, wo der Lokus, die »Gelegenheit«, wie man früher verschämt formulierte, nicht *beschriftet*, sondern *bebildert*, mit einem Piktogramm versehen ist. Die Männerseite zeigt einen prächtigen Kavalier aus einem verflossenen Jahrhundert, so ähnlich, wie man sich Adlige, meinetwegen Giacomo Casanova, vorstellt, die Frauenseite ein Bild der Mätresse des französischen Königs Ludwig XV., Madame de Pompadour. Man kann aber durchaus auch als Bürgerlicher den ungastlichen Ort frequentieren und dorthin gehen, wohin auch der Kaiser zu Fuß ging… Man darf das Piktogramm also nicht zu »wörtlich« und »ernst« nehmen. Wir leben nicht im Feudalismus.

Es gibt freilich auch komplizierte und für den Normalverbraucher schwerer entzifferbare Piktogramme, ja geradezu nur für Insider entschlüsselbare Kürzel. Was soll ein einfacher, ungebildeter Mensch in seiner Leibesnot bei Harndrang mit den abstrakten Zeichen der Anthropologie anfangen: O+ für »weiblich« (Samenempfängerin) und O– für »männlich« (Samengeber, Samenspender)? Das Zeichen für *weiblich* (Spermaplus) erinnert an die alte, nicht nur in der Tierzucht auf dem Land verwendete Redensart: Sie (die Kuh) hat *aufgenommen … Vacca gravida …* Da lobt man sich die klare Darstellung des berühmten *Manneken Pis* in Brüssel, oder des neuerdings entwickelten, gendergerechten Pendants, des entsprechenden »Gegenstücks«, der *Jeanneke Pis*, die freilich keinen so prominenten Platz vor dem Rathaus bekommen hat wie der Bub, der technisch gesehen wie ein artesischer Brunnen Tag und Nacht Wasser ins Becken fließen lässt … (Vielleicht wird er nachts abgestellt? Er ist kein Bettnässer.) Er kann, wie man sagt, »das Wasser nicht halten« … Von Schriftstellern, die vom Schreiben und Publizieren nicht lassen können, sagen Boshafte, sie könnten die Tinte nicht halten … Dieser Sager wird Theodor W. Adorno nachgesagt … Kontrovers und ohne die althergebrachte eindeutige Unterscheidung der Geschlechter wird nun die Frage der sexuellen Zugehörigkeit diskutiert. Geschlecht, sagen die Revolutionäre, sei nicht etwas Naturgegebenes und biologisch Eindeutiges, sondern auch etwas unter Zwang Erlerntes. Wie »divers«, eindrucksvoll und wunderbar sich das Weibliche darstellt, von den Einzellern im Keller oder Parterre bis zu den Nobelpreisträgerinnen im Zenit, ist mir bei der Lektüre des Buches »Das andere Geschlecht« von Simone de Beauvoir aufgegangen, sodass ich mit Friedrich Hölderlin sagen möchte: Groß ist die Frau, wenn sie erscheinet im Licht … Groß ist der Mensch, wenn er erscheinet im Licht.

Nicht nur Brüssel hat ein merkwürdiges Wahrzeichen, auch Kopenhagen, wo die Meerjungfrau ältere und andere Wahrzeichen »überholt« hat. Eine Nackte ist für die Stadt stimmig, von der die »sexuelle Revolution« vielleicht nicht ausgegangen, wo sie jedoch freizügig »praktiziert« wurde. Es gab zu meiner Saarbrücker Zeit (1963–1974) einen Reiseboom nach Kopenhagen, eine Art Sextourismus für Männer, denen der Weg nach Thailand zu weit und zu teuer war ... Von dort kam auch viel »Aufklärungsliteratur«, die in Saarbrücken in einer Buchhandlung mit dem Spitznamen »Wutze-Krämer« vertrieben wurde. Bücher »vertreiben«, nicht »verbrennen« ...

Als Wahrzeichen Saarbrückens gilt übrigens die Ludwigskirche, ein Rokoko-Kirchengebäude. Eine Kirche, die Stadtpfarrkirche St. Egid mit dem 91 Meter hohen Turm, galt auch einmal als Wahrzeichen Klagenfurts. Heute ist es der am Neuen Platz aufgestellte Lindwurm. Ingeborg Bachmann hat in »Jugend in einer österreichischen Stadt« von den »albernen Denkmälern« Klagenfurts am Neuen Platz gesprochen. Das beträfe nicht nur den ungeschlachten, grobschlächtigen Lindwurm und den keuleschwingenden Herkules, sondern auch das imposante Denkmal Maria Theresias, das die Stadt im Jahr 1765 errichtete, in Bronze gestaltet von Balthasar Moll, das ursprünglich im Westen des Platzes stand, nun aber im Osten steht. Heute hat die Platz-Kritikerin Ingeborg Bachmann in Klagenfurt selbst einige Gedenktafeln, auch sehenswerte Büsten, eine auf dem Artner-Platz und eine im Vestibül des Stadthauses. Die Statue vom Artner-Platz wurde einmal gestohlen, ist inzwischen jedoch wieder »aufgetaucht«. Ein Gymnasium ist nach der Dichterin benannt und jährlich findet der Bachmann-Literaturpreis-Lesewettbewerb statt. Der Neue Platz ist heute eine sogenannte »Begegnungszone«. Am Abgang in eine der sieben Tiefgaragen Klagenfurts, die sogenannte Lindwurm-Tiefgarage, ist im Glas des Aufbaus ein Bachmann-Gedicht-Zitat zu lesen … Bachmann, wohin man blickt … Das Ehrengrab am Friedhof in Annabichl, zwei ihr gewidmete Häuser, eines in der Henselgasse als Literaturmuseum, eines in der Durchlaßstraße. Auch Egyd Gstättner, Absolvent der Klagenfurter Universität und seit Gert Jonkes Tod 2009 sicher der prominenteste in Klagenfurt geborene, lebende Schriftsteller, hat sich in einem »Literarischen Reiseführer« um seine Heimatstadt verdient gemacht. Robert Musil steht natürlich außer Konkurrenz … Uwe Johnson hat mit der Erzählung »Eine Reise nach Klagenfurt« 1974 auf seine Art weniger Ingeborg Bachmanns Geburtsstadt mit ihrer politisch belasteten Vergangenheit, sondern eher der großen Kollegin aus der Gruppe-47-Zeit »gehuldigt«.

Der slowenische Dichter und Professor am Slowenischen Gymnasium Janko Messner, mit dem ich mich durchaus verbunden fühlte, obwohl ihm andere, auch slowenische Freunde kritisch bis ablehnend gegenüberstanden, hat im Klosett des alten Bahnhofsgebäudes in Viktring einen wahrlich als sensationell zu bezeichnenden Fund gemacht. Dort war im Bahnhof-WC unter der Bezeichnung *Männer* noch das ursprüngliche, überpinselte, also ausgelöschte slowenische *Gospod* sichtbar geblieben! Dürfen das WC jetzt nur noch Deutschkärntner benützen?

Ein Piktogramm oder Icon (von griechisch *eikon*, »Bildchen«) gibt es, das wohl auch Ungebildete und nicht nur Akademiker kennen, das Bild eines an der Kette zerrenden, kläffenden Hundes in Pompeji, der beim Vesuv-Ausbruch 97 n. Chr. verschütteten Stadt. Die nüchterne »Unterschrift« lautet *Cave Canem* ... Heute überbieten sich Hundehalter und Spaßvögel mit drastischeren Warnungen. Mein Nachbar hier in Klagenfurt hat am Eingang zu seinem Garten ein Schildchen mit dem Text: »Achtung vor dem bisschen Hund!«, unter dem Bild eines zähnefletschenden Rottweilers ... Wie als Illustration zu meinem Buch »Zu Lasten der Briefträger« sah ich heute ein im Internet angebotenes Täfelchen mit der Warnung *Vorsicht Hund* und darunter:

BRIEFTRÄGER IIII IIII
KATZEN IIII I
EINBRECHER III
AUTOREIFEN IIII I

In meinem weniger erfolgreichen »Fortsetzungsroman« »Zur Entlastung der Briefträger«, der vierzig Stammtisch-Protokolle der drei pensionierten Briefträger Ürdinger, Blumauer und Deuth versammelt und dessen Schauplatz ich ins Innviertel nach Munderfing verlegt habe, habe ich einen Artikel aus der »Kleinen Zeitung« zitiert, wo von einem Briefträger berichtet wird, in den sich in Viktring ein Frettchen so sehr verbissen hat, dass er zum Arzt musste und eine Woche dienstunfähig war ... Dass ein Hund aber auch Autoreifen zerbeißen kann, wie angedeutet, war mir neu. Von Mardern ist häufig die Rede, die in Autos eindringen, die im Freien, oft am Stadtrand in der Nähe eines Waldes wie des Wienerwaldes geparkt wurden, und unter der Motorhaube die Plastikumhüllung von Kabeln verspeisen. In Pompeji hat der Denkmalschutz auch ein Haus, in dem das angeblich älteste Gewerbe der Welt ausgeübt wurde, von der Asche befreit und einschlägige Zeichnungen und Inschriften gefunden, die die Altertumskunde sorgfältig bearbeitet, ediert und kommentiert hat. Dort gibt es nicht nur das erwähnte *Cave-Canem*-Schildchen, sondern auch eine Zeichnung, darstellend eine Hetäre mit einem Musikinstrument und einem Schoßhündchen …

Verkehrsampeln gibt es im Übrigen erst seit ungefähr 150 Jahren. 1861 wurde die erste Ampel in London in Betrieb genommen. Sie war für Fußgänger, Rad-, das heißt Velociped-Fahrer und Pferdefuhrleute eingerichtet worden. Sie kannte nur zwei Farben und wurde mit Methangas betrieben, was ihr nach einer Explosion zum Verhängnis wurde. Die erste elektrische Ampel, eine Zweilichtsignalanlage, wurde 1914 in Cleveland (USA) eingeschaltet und in Betrieb genommen, also vor etwas mehr als 100 Jahren. Ungefähr fünfzig Jahre nach der ersten elektrischen Ampel wurde 1953 in meiner Schulstadt Wels über der Kreuzung Kaiser-Josef-Platz bzw. seiner Fortsetzung in der Stelzhamerstraße und der querenden Bahnhofstraße bzw ihrer Fortsetzung, der Bäckergasse, eine solche Ampel aufgehängt. Dieser Platz unter der Ampel ist ein wunder Punkt in der Welser Stadtgeschichte, weil neben dieser Stelle einer der alten Stadttürme, der Semmelturm – neben dem Ledererturm und dem Fischerturm ein Wahrzeichen der Stadt –, beseitigt und dem Verkehr geopfert wurde. Sogar H.C. Artmann hat in seinem Buch »Nachrichten aus Nord und Süd« den für diese Demontage von Geschichte Zuständigen das Nötige ins Stammbuch geschrieben. Mein wiederholt gemachter restaurativer Vorschlag, den Turm originalgetreu wiederzuerrichten und nachzubauen, wird wohl nicht angenommen werden … Inzwischen hat man an dieser Stelle oder kurz davor eine sogenannte »Wurstinsel«, also eine Verkehrsinsel mit einem Würstelstand, errichtet … Die erste Ampel in Wels war eine Sensation und man bestaunte sie, man ging hin, um sie zu besichtigen und den Fortschritt zu bewundern. Mich hat sie 1969 zu einer meiner ersten schriftstellerischen Arbeiten animiert, einem Beitrag in der »Saarbrücker Zeitung«: »Viel Verkehr in Groß-Kienitz«, eine surrealistische Groteske über Mobilität und Straßenverkehr und eine »Ampeleröffnung« auf einer fiktiven Kreuzung von *Kreuzwieser-* und *Kreuzpointnerstraße …*

Nicht beschrieben habe ich dort ein Erlebnis, das mir jetzt, wo mein Kurzzeitgedächtnis nachlässt oder fast schwindet, aber plötzlich Erinnerungen aus längst vergangenen Tagen wie aus dem Nichts auftauchen, lebhaft gegenwärtig ist. Ich begleitete einen neuen Lehrling in der Mühle meines Vaters an seinem ersten Schultag mit dem Autobus in die Berufsschule nach Wels und schließlich zu Fuß von der Karl-Loy-

Straße, der Endstation des Postautobusses, in die Herrengasse zur Müllerei-Fachschule. Dieser Lehrling aus der Ortschaft Leumühle bei Eferding hat mich oft so geärgert, dass ich gewünscht hätte, mein Vater hätte ihn entlassen und nach Eferding zurückgeschickt. Er kam aus einer großen, kinderreichen Familie und seine Anstellung war auch ein Werk meiner besonders sozial und christlich eingestellten Mutter, die ihn erziehen, aber keinesfalls zurückschicken und entlassen wollte. Als ich nun mit ihm zu jener Kreuzung kam, kümmerte er sich nicht um die Ampel und sprang aus Übermut bei Rot auf die Fahrbahn, verursachte bei den irritierten Autofahrern ein Hupkonzert und Flüche, die er aber mit frechem Lachen quittierte. Als ich das entrüstet in der Familie erzählte, nahm ihn meine Mutter wieder einmal in Schutz, mit der Vermutung, dass er mit dieser sozusagen großstädtischen Verkehrsregelung nicht vertraut sei. Eine Ampel gebe es wohl in Eferding (noch) nicht … Ich aber weigerte mich, ihn in Zukunft in die Herrengasse zu begleiten.

Herrengasse – welch unpassende Adresse für eine Berufsschule, wo es doch heißt »Lehrjahre sind keine Herrenjahre«, wie der Autor Gernot Wolfgruber anhand seiner eigenen Biographie im Roman »Herrenjahre« von 1976 überzeugend dargetan hat (eindrucksvoll verfilmt von Axel Corti 1987). Einmal, als der freche Lehrling mich, den Sohn seines Meisters und Lehrherrn, wieder bis zur Weißglut brachte, schrie ich ihn mit seinem Familiennamen an: Viehböck! VIEHBÖCK!

Mein eigener Schulweg ins Bundesrealgymnasium in der Schauer-Straße führte an der Herrengasse vorbei, die Stelzhamer-Straße entlang, bis zum Abzweig in die Schauer-Straße, wo ein Schulfreund aus der Pichler Volksschule, der ursprünglich Tischler gelernt hatte, in der heute BG/BRG, früher einfach »Schauergymnasium« genannten Schule Schulwart geworden war. Er hieß Alfred Schauer, als wären Straße und Schule nach ihm benannt … Sie trägt aber den Namen des Bürgermeisters Johann Nepomuk Schauer, eines verdienstvollen Politikers um die Jahrhundertwende vor dem Ersten Weltkrieg, dem Wels eine Traunbrücke, die Gründung der Feuerwehr und andere, auch kulturelle Initiativen verdankt. Er war auch kein unbedeutender Maler. Der Name *Schauer* ist laut Duden-Familienlexikon der »Amtsname eines Beamten, der auf obrigkeitliches Geheiß etwas besichtigt«. Die Ausübenden dieses Berufes waren natürlich bei den Gewerbetreibenden nicht gerade gern gesehene Besucher. Ihre »Besuche« empfanden sie eher als Heimsuchungen … Diese Beamten nennen sich heute nicht mehr »Schauer«, sondern »Kontrollore der Gewerbeaufsicht«. *Aufseher* und *Inspektoren* … Sie kamen auch in die Bäckerei meines Vaters, unangemeldet, und hatten oft etwas »auszusetzen« und zu »bemängeln«, einen Mangel anzumahnen … Mein Vater, Müllermeister und Bäcker, entschuldigte sich gern mit dem Tischler-Sprichwort: »Wo gehobelt wird fallen Späne« … In seinem Fall waren es aber keine Späne oder »Sägescharten«, sondern die winzigen Insekten, die »Sackläuse« oder Flöhe, die sich im Stroh der »Simperl« eingenistet hatten und die, wenn man das Simperl leicht gegen die Tischplatte klopfte, herausfielen – und den »Schauern« nicht gefielen … Als ich in meinem Roman »Zu Lasten der Briefträger« ein Kapitel über die »Fleischbeschau« der Fleischhauer oder Metzger veröffentlichte und dies auch noch bei den Rauriser Literaturtagen und im Rundfunk las, erregte ich bei den Tierärzten großen Unmut. Ein größerer Eklat blieb aber aus, es gab keinen Literaturskandal. Darum auch keinen besonderen Verkaufserfolg … Die Kammer der Veterinärmediziner hatte das Buch nicht einmal selbst geordert, sie reagierte offenbar auf den Zuruf eines versprengten Lesers. Sie meldete sich beim Verlag und forderte ein Belegexemplar! So kann Literatur nicht funktionieren! Wie soll es da zu einem Bestseller kommen! Von Humbert Fink, einem der Gründer des Ingeborg-Bachmann-Wettbewerbs in Klagenfurt und streitbaren Rundfunk-Journalisten, hieß es, er habe einen Kollegen, den wackeren Anton Fuchs, gebeten, ihn anzugreifen und mit ihm einen Literaturstreit zu beginnen, vom Zaun zu brechen … »Machen wir einen Skandal!« Er versprach sich von einem solchen »Schaukampf« Publizität und Bekanntheit – und Neugier bei den potenziellen Buchkäufern. Da hätte er nur einen prominenteren Widersacher gebraucht, einen berühmteren Gegner, wie ihn in dem bekannten Literaturstreit Hugo von Hofmannsthal im Prager Kritiker Willy Haas gefunden hatte … Ein Buch, das niemanden aufregt, wird schnell zum Ladenhüter und kommt ins »Neuantiquariat«. In gewisser Weise gilt auch für den Markt das Wort des Philosophen Heraklit: *Polemos panton men pater esti.*

Lateinisch: *Bellum omnium pater est.* Deutsch: *Der Krieg ist der Vater aller Dinge*… Einer, der mit dem Büchergeschäft vertraut ist, hat behauptet, dass ein Verriss, geschäftsmäßig gesehen, eine ähnliche Wirkung hat wie ein Lob… Ist ein Buch ein absoluter Verhau, vielleicht auch unfreiwillig komisch, bleibt es im Gedächtnis und interessant…

Die oben verwendete Redensart »vom Zaun brechen« wird übrigens unterschiedlich erklärt. Mir leuchtet am ehesten ein, dass in der Tiefenstruktur folgende Konstellation angesprochen ist: Einer bricht vom Zaun eine Latte heraus und zieht dem ungeliebten Nachbarn unvermittelt eins über (so auch Lutz Röhrich im »Lexikon der sprichwörtlichen Redensarten«: »sich aus dem nächstbesten erreichbaren Gegenstand eine Waffe machen«…).

Ich habe erwähnt, dass sich der österreichische Autopionier Botho von Coreth in seiner Widmung in seinem Buch »Leben und Überleben mit Automobilen« einen *Auto-Autobiographen* nennt. Hier ist einerseits vom *Auto* (nach dem griechischen *autos*, »selbst«) die Rede und andererseits vom *Au*(c)*tor*, der, wörtlich übersetzt, die Literatur »vermehrt« und hoffentlich bereichert. Der Etymologie-Duden verzeichnet unter *Auto* das Kompositum *Autosex* mit zwei Bedeutungen: 1.) Sexuelle Handlungen an sich selbst, und 2.) Geschlechtsverkehr im Auto.

In der ersteren Bedeutung sozusagen »sexueller Autismus« (Onanie), in der zweiten Bedeutung Prostitution (Straßenstrich). »Auf den Strich gehen« bedeutet »anschaffen« und »sich prostituieren«. Das

Auto spielt beim »Straßenstrich« eine Hauptrolle. Liegesitze machen es möglich …

Das griechische Wort *autos* kommt wahrlich weit herum. Neuerdings erscheint es ja auch im Kompositum *Autopilot*. Die Autoindustrie möchte in ihrer Güte den Autofahrern auch das Autofahren abnehmen. Als Autopilot wird eine Vorrichtung bezeichnet, die programmierbar ist und automatisch und selbsttätig die Fortbewegung eines Fahrzeugs übernimmt und steuert… Erst wenn diese merkwürdige Idee verwirklicht ist, hat das Auto in den Augen der Konstrukteure seinen Namen wirklich verdient. Inzwischen hat es bei ersten Versuchen mit autopilotierten Autos auch die ersten Unfälle gegeben, die freilich schwer judizierbar sind. Als Verursacher entsprechender Zusammenstöße müssten dann ja wohl die Programmierer als Letztverursacher den Kopf hinhalten. In den Airbag? Die Geschichte der Automobilität hat ja schon manche Panne produziert. Wie oft liest man von Rückholaktionen bestimmter Autotypen in die Werkstätten wegen gravierender Mängel im Betriebssystem. Manche Konstruktion hat sich als Fehlkonstruktion herausgestellt… Darum sprechen manche, auch Konsumentenschützer, gern von »Montagsautos«, als hätten die Arbeiter in den Fabriken nach dem Wochenende etwas zusammengeschraubt, was nicht füreinander bestimmt war …

Nun sind freilich Weltuntergangspropheten aufgetreten, die das herkömmliche Auto, »wie wir es kennen«, das mit Benzin oder Diesel betrieben wird, für den Klimawandel, ja für eine angeblich bevorstehende

Klimakatastrophe verantwortlich machen, und die Politik hat in ihrem Sinne reagiert und das Ende des Verbrennungsmotors für das Jahr 2030 festgesetzt und verkündet, verschiebt freilich den Termin gern nach hinten … Der Mensch der Zukunft soll sich per E-Mobilität fortbewegen, mit Strom aus der Steckdose … Ökologisch »unschuldig«, »grün« und absolut »klimaneutral« sei aber auch diese »Fahrweise« nicht, sagen die Pessimisten. Ein maliziöser Freund und Schwarzseher sagte zu mir, die Verkehrssachverständigen verhielten sich seiner Meinung nach wie Alkoholkranke, die den Arzt, der ihnen den erbärmlichen Zustand ihrer Leber erklärt, fragen, ob sie nicht ersatzweise auf ihrer Milz weitertrinken könnten … So oder so, e-mobil oder mit Vergaser, komme man vom Regen in die Traufe … Die Klimakatastrophe halten Ängstliche für *unausweichlich* und *unumgänglich …*

Freunde, nicht diese Töne! Harmlose, ja »segensreiche« Einrichtungen verbuchen die Wörterbücher unter *autofrei, autofreier Sonntag.* Solch »autofreie Sonntage« erlebte ich im November und Dezember 1973, nicht aus Einsicht und freiwilligem Verzicht und Askese, sondern erzwungen durch die sogenannte »Ölkrise«, die zu einem »Energiesicherungsgesetz« im deutschen Parlament (BRD) führte. Damals parkte ich meinen schmollenden VW Käfer in der Saarbrücker Schmollerstraße … So – mit Fahrverboten also – wollte man der Angst begegnen, die Erdöllieferanten, die arabischen »Scheichs«, könnten Europa den »Hahn zudrehen«. Man erinnert sich an eine Karikatur des aus Eferding stammenden, in Deutschland berühmt gewordenen Karikaturisten Horst Haitzinger, die eine moscheeartige Tankstelle zeigte – einen dezenten Hinweis auf den mit dem Öl importierten Islamismus aus Saudi-Arabien … »Bilder gingen um die Welt«, die Fußgänger und Radfahrer, kinderwagenschiebende Mütter und Väter, ballspielende Kinder auf Straßen und Autobahnen zeigten. Es gab aber leider zu viele Ausnahmen bei den Fahrverboten, und alsbald wieder auch die üblichen Staus … Die Idee mit autofreien Tagen ist aber nicht gestorben, ja, man kann fast sagen, sie habe sich in Deutschland, in Österreich und der Schweiz durchgesetzt, wo es regional und »lokal« zu einzelnen, unterschiedlichen Zeiten autofreie Tage gibt, einen solchen im Mai auch »rund um den Wörthersee«. Vor meiner Haustür tummeln sich Verzicht übende Menschen … Die Schweiz veranstaltet Slow-up-Tage, Österreich, das Land der »Pickerl«, hatte damals einen Aufkleber entwickelt, der, an die Windschutzscheibe geklebt, kundtat, an welchem Tag der Fahrzeughalter sein Vehikel freiwillig ruhen ließ und einen Beitrag zur Verbesserung des Klimas und Verzögerung der Erderwärmung und des Klimawandels leistete …

Ich will noch von etwas ganz anderem berichten, was mich im Auto-Zusammenhang in den letzten Jahren beschäftigt hat. Ich spreche von den sogenannten *Navis*, den Navigationsgeräten in den Autos. Eigentlich ist *Navigation* die Kunst des Kapitäns, ein Schiff zu steuern, also eine Tätigkeit der sogenannten *Nau-*

tik, des Steuermanns. Im Wort *Kapitän*, das sich der Automobilhersteller Opel zugelegt hat, steckt das lateinische *caput*, der Kapitän ist, wörtlich ins Deutsche übersetzt, der »Häuptling« … *Navigation*, *Nautik* – in allen diesen Wörtern steckt das lateinische Wort *navis, navis*, femininum, das »Schiff«, so auch in *navigare*, »mit dem Schiff fahren, segeln«. »Navigare necesse est, vivere non est necesse.« Mit diesen Worten befahl der römische Feldherr Pompeius den Matrosen, trotz stürmischen Wetters in See zu stechen. Das wurde auch zur Grundlage eines der hartnäckigsten Pennälerwitze: »Herr Professor, *navigare necesse est*. Ich muss hinaus!« *Schiffen* = Wasserlassen … *Schiff* hat also längst das Wortfeld *Seefahrt* im engeren Sinn verlassen und ist weitum unterwegs, sozusagen auch auf dem Land … Es hat ein ähnliches Schicksal wie das lateinische *classis, classis*, femininum, die »Flotte«. Der Steuermann aber, etwa jener, der das Schiff mit dem an den Mast gebundenen Odysseus an den Sirenen vorbeiführte, war der *kybernetes*. Er beherrschte die Steuerungstechnik, die heute auf einem ganz anderen Gebiet, nämlich dem der Informatik und der Robotik, eine so große Rolle spielt. Auch wenn der Schiffsbau im alten Bildungssystem der *septem artes liberales* nicht zu den Disziplinen des Triviums oder des Quadriviums gezählt wurde, sondern (nur) zu den »Gebundenen Handwerkskünsten«, so hat gerade der Schiffsbau »im Laufe der Geschichte« eine gewaltige Karriere durchlaufen, vom *Floß* oder *Einbaum*, vom *Schinakl* bis zu den Ozeanriesen wie der *Queen Elizabeth* oder den Kreuzfahrtschiffen, diesen schwimmenden Luxushotels mit hunderten

Kajüten, die bald einen halben Kilometer lang sind, die Weltmeere nicht nur befahren, sondern auch mit Müll und Abfällen belasten … Eine Merkwürdigkeit ist in diesem Zusammenhang Wort und Sache des *Schiffs* (bairisch-österreichisch schi:f, also mit der sogenannten Einsilberdehnung, der *Fisch* heißt Fi:sch …), jenes aus Kupfer gefertigten, in den Küchenherd oder auch den Kachelofen eingebauten Behälters für Warmwasser. Dieses »Schiff« schwimmt nicht, denn es ist »ortsfest«. Das »Schiffchen« ist schließlich auch eine modische Kopfbedeckung, die nicht nur Seefahrer oder Mariner gern »kieloben« tragen, sondern auch das Küchenpersonal und vor allem Stewardessen in den Flugzeugen …

Immer wieder aber haben kühne Abenteurer, wie Thor Heyerdahl 1947 mit seiner *Kon-Tiki*, mit kleinen Booten versucht, auch die Weltmeere zu »bezwingen«. Gerade ist von einer Frau die Rede, die allein auf einem kleinen Segelboot über den Atlantik und den Stillen Ozean geschippert ist, wochenlang allein und einsam in einer »Nussschale« auf den Weltmeeren. Ich habe den größten Respekt vor Menschen, die so viel Einsamkeit ertragen können. Wenn ich auf die Literatur sehe, dann hat einen ähnlichen Ausnahmezustand Marlen Haushofer in ihrem Roman »Die Wand« dargestellt, abgeschnitten, ausgesetzt und isoliert zu sein, die Theologie sprach vom »ewigen Tod« als »Lohn für Todsünden« … Wo bleiben da die Ansprechpartner! Wohin haben sich die Freunde, Kollegen, Kommilitonen, die Familiaren verzogen? Wo sind die »Kumpane«, also die, die mit einem das Kommissbrot gegessen haben? Wo sind die Stammtischbrüder aus meinem Roman »Zur Entlastung der Briefträger«? Wer wirft mir eine Rose zu?

Nun also sind Navigations- und Orientierungshilfen für Autofahrer und Chauffeure, nach dem Wortbildungsvorbild des *Handys*, des Mobiltelefons, *Navis* »Navigationsgeräte« genannt, groß in Mode und im Geschäft.

Eine besondere Merkwürdigkeit der deutschen Sprachgeschichte ist die Übernahme des französischen Fremdwortes *Chauffeur* für den Fahrer, weil es doch eigentlich »Heizer« bedeutet. *Chaud* bedeutet »warm«. Es spielt freilich auch auf den *Verbrennungsmotor* an, obwohl von einem (offenen) Feuer eigentlich nicht die Rede ist. *Explosion* heißt das, was sich im Zylinder eigentlich ereignet, und *Zündung*… *Chauffeur* ist so gesehen eine Anleihe bei der Eisenbahn, wo der »Heizer« neben dem Lokführer eine Institution war, bevor die Bahn elektrifiziert wurde. Ein Kompliment für ein spursicheres Automobil lautet: Es fährt wie auf Schienen. Die Holzvergaserautos, von denen mich, wie erzählt, eins nach Wels zur Firmung brachte, hatten wirklich auch einen *Chauffeur*, also neben dem Fahrer einen Heizer. Es reichte freilich ohne Nachlegen bis zum Abend, bis zur Rückkehr, wenn der Chauffeur in Pichl den Zylinder mit Brennmaterial stopfte und in Gang, in Brand, setzte. Die eigentliche Heizung der Kraftfahrzeuge ergibt sich heute als Nebenprodukt der »Verbrennung«, als »Abwärme«, »Restwärme«, jedes Auto ist so auch ein »Nahheizwerk«… Nicht wenig gestaunt habe ich bei der Lektüre der »Erinnerungen« von Albrecht Schöne über folgende Stelle, in der er erzählt, dass er nach Ende des Krieges, in den er noch als Jugendlicher, ja halbes Kind, eingerückt ist, als Holzfäller im Sauerland gearbeitet hat. »An den sechs Arbeitstagen jeder Woche wurden wir frühmorgens aus unserer abgelegenen dörflichen Unterkunft auf einem mit Brennholz angetriebenen Lastwagen in den Wald gefahren und mit weiten Abständen dort abgesetzt.«

In einer der Geschichten in meinem Buch »Lebenszeichen« habe ich erwähnt, dass wir am Germanistischen Institut der Universität des Saarlandes einen lieben und tüchtigen Kollegen hatten, der aus der Schule Walter Höllerers in Berlin kam und nicht nur ein kompetenter Literaturwissenschaftler mit Schwerpunkt auf der sogenannten Trivialliteratur und dem Kriminalroman war, sondern auch einen gewissen, wenn auch amateurhaften Ehrgeiz auf dem Gebiet der Fahrzeugtechnik hatte. Scherzhaft sagte er einmal, wenn ihn jemand einen lausigen Germanisten nenne, nehme er das hin, wenn aber jemand sage, er verstehe nichts von Autos, bringe ihn dies auf die Palme und er komme auf Touren … Über den Gegensatz von naturwissenschaftlichem und geisteswissenschaftlichem Denken hat Prof. Helmut Kreuzer publiziert und ediert, unter anderem den Sammelband »Mathematik und Dichtung« und die Sammlung »Literarische und naturwissenschaftliche Intelligenz«, ein Kompendium beispielhafter internationaler Aufsätze zum Thema der sogenannten »zwei Kulturen«, Antworten auf die von Sir Charles Snow 1959 an der Cambridge University vorgetragenen Thesen in »The Two Cultures and the Scientific Revolution«. »Er (Snow) vertrat die These, die literarisch-geisteswissenschaftliche und die naturwissenschaftlich-technische Intelligenz verkörpern zwei grundverschiedene Kulturen innerhalb der westlichen Industriegesellschaft«, schreibt Helmut Kreuzer in seinem Vorwort.

Hier ist der Ort und die Stelle, um an den großen Schweizer Autor Hermann Burger (1942–1989) zu erinnern, den »Dichter im Ferrari«, wie er in der FAZ einmal genannt wurde. Ja, er war eine singuläre und auffällige, bizarre Person, ein Schriftsteller mit einer Vorliebe für schnelle Autos. Er fuhr vor dem Ferrari schon einen Alfa Romeo. Und er war nicht nur ein Autofreak, wie man heute Leute mit solch speziellen Vorlieben nennt, er hatte vor allem ein besonderes Faible für die schnellen Autos aus Maranello; er widmete ihnen sogar ein Kapitel in seinem Roman »Brenner« (»Ferrari humanum est«). Signifikant und bezeichnend für ihn war auch das Rauchen von dicken Zigarren und so hat er auch dem Schweizer Tabakfabrikanten Jean Villiger ein Kapitel in diesem Roman gewidmet… Sein Freitod war das dramatische Ende einer Krankheit und eines Leidens, das man heute »bipolare Störung« nennt. Er fühlte sich seelenverwandt mit Franz Kafka, Paul Celan und Thomas Bernhard. Von seiner großen Bedeutung für die Gegenwartsliteratur kann man sich nun, nachdem es um ihn im Feuilleton sehr still geworden ist, durch Lektüre der neuen achtbändigen Gesamtausgabe, die, von Simon Zumsteg zustande gebracht, im

Verlag Nagel & Kimche in Zürich erschienen ist, wieder überzeugen.

Ich freilich habe einen besonderen Grund, mich in Dankbarkeit an Hermann Burger zu erinnern. Er hat als Redakteur in der »Aargauer Zeitung« eine Besprechung meines Romans »Die Burg« unter dem Titel »Die feste Burg als fixe Idee« veröffentlicht, die ich unter allen Besprechungen, die mir zu meinen Büchern je zuteilgeworden sind, für die profundeste und beste halte. Burger hat bei Emil Staiger über Paul Celan dissertiert, er war auch habilitierter Germanist und Dozent an der ETH Zürich. Er lebte mit seiner Frau und den zwei Söhnen in Burg, in einem Pförtnerhaus bei der Burg oder dem Burgschloss Brunegg. In »Brunsleben«, dem ersten Teil seines Romans »Brenner«, hat er der Burg im Aargau ein Denkmal gesetzt. Er war also in mehrerer Hinsicht ein »Kollege« und der Roman »Die Burg« hat ihn, den »Burger« aus Burg, aufgrund des Titels und der Kurzinformation der Verlagsankündigung und der Umschlaggestaltung von Walter Pichler, einer Miniaturburg, eines Burgenmodells auf einem Schreibtisch, neugierig gemacht und angesprochen. Thema ist das Scheitern eines Habilitanden an einer Arbeit über die Ritter und die höfische Literatur. Für mich ist seine Rezension der absolute Glücksfall meiner »Karriere«, um ein *Ritterwort* zu verwenden … Mir ist, als wäre ich in die Tafelrunde des Königs Artus aufgenommen worden … Ich habe »weiter oben« einen Kollegen am Germanistischen Institut der Universität des Saarlandes erwähnt, der ähnlich wie Burger auch ein passionierter »Autofreak« war. Burgers Ferrari wurde übrigens im Oktober 2012 versteigert (Ausrufungspreis 35 000 Schweizer Franken). »Moderat«, wie es in der Anpreisung heißt, mit der Einschränkung: »Allerdings verlangt der heißblütige Sportwagen nach etwas Zuwendung«. Ein früher Text Burgers trägt den Titel: »Ich will Pfarrer werden«. Ein Grund mehr für mich, bei der Lektüre seine Nähe zu suchen, ähnlich wie im Fall des Schweizer Autors Robert Walser, den ich als meinen Lieblingsschweizer bewundere … »Jakob von Gunten« halte ich für den gelungensten Roman zum Thema Internat, ein Thema, an dem ich mich auch wiederholt versucht habe … Mein »Institut Benjamenta« war das Kollegium Petrinum in Urfahr …

»Der Weg ist das Ziel« ist ein bis zur Sinnentleerung oft zitierter, dem chinesischen Weisen Konfuzius zugeschriebener Spruch, in allen Sprachen. Im Englischen werden gleich zwei Versionen angeboten. Entweder: *The journey is the destination*, oder: *The route is the goal.* Die Italiener sagen: *Il percorso è la meta*, und die Franzosen: *L'itinéraire est le but.* Was Konfuzius damit gemeint haben könnte, wird kontrovers diskutiert. Die Werbung hat eine einfache Erklärung. So wirbt die Motorradmarke BMW: »Der Weg ist das Ziel. Und mit der neuen BMW RT 1250 wärst du am liebsten immer auf dem Weg!« Das Fahren als Vergnügen … Das galt lange vor der Erfindung des Autos natürlich auch von den pferdegezogenen Wägen, den Landauern, Steirerwägen und allen anderen Fahrzeugen, die man in der Schönbrunner Wagenburg besichtigen und bewundern kann – einige mit integriertem Abtritt … Vom Vergnügen des Reisens kündet eine über Anton Bruckner mitgeteilte Anekdote: Er habe, teilten seine Schüler mit, nachdem er den Landauer bestiegen und Platz genommen hatte und der Kutscher losfuhr, noch lange herzhaft gejauchzt – oder *gejuchatzt*, wie die Oberösterreicher sagen … Anton Bruckner, der große Komponist und einfache, manchmal auch einfältige Mensch … Jugendbewegt haben wir seinerzeit kein Lied lieber gesungen als »Hoch auf dem gelben Wagen/ sitz ich beim Schwager vorn./ Hurtig die Rosse traben,/ lustig schmettert das Horn …« Eigentlich kein durchwegs lustiges oder fröhliches Lied, weil es doch auch vom Abschiednehmen handelt. »Ich möchte so gerne noch bleiben,/ aber der Wagen, der rollt« … Weder in der Schenke noch bei der Linde, wo die Jugend tanzt, kann der Sänger verweilen. Der Mensch hat keine dauernde Bleibe … Der deutsche Bundespräsident Walter Scheel hat mit seiner angenehmen Baritonstimme, unterstützt von einem Düsseldorfer Männerchor, das Volkslied seinen Landsleuten vorgesungen … Nicht lange vor seinem Unfalltod hat der Kärntner Landeshauptmann Jörg Haider sein »Lieblingslied«, wie er sagte, »Pfiat God, liabe Alm« als Solist unter Mitwirkung eines großen Männerchors gesungen. Den Erlös der aufgenommenen CD hat er für »Kärntner in Not« gespendet – um ihm bei viel (berechtigter) Kritik auch einmal etwas Gutes nachzusagen …

Bei den Autos ist es unter anderem die Marke Citroën, die für ihr Kompaktmodell ZX mit dem erwähnten

Weg-Ziel-Slogan wirbt oder zumindest in den 80er Jahren warb. In einer Strophe des »Wienerlieds« »Der Halbwilde« von Helmut Qualtinger heißt es: »I hob zwoa ka Ohnung/ wo i hinfoa,/ aber dafür bin i gschwinda durt...« Eine schlüssige pessimistische Antwort auf den Sinn des Reisens oder der ziellosen Reiserei aus der Perspektive des sogenannten Austropop... Einer der bekanntesten Wiener Austropop-Songs war sicher Wolfgang Ambros' »Da Hofa«. Ich war 1971 in Salzburg, wo ich den Altgermanisten Ingo Reiffenstein vertrat, der Rektor der Paris-Lodron-Universität geworden war. Wenn man damals, wie ich, abends durch die Stadt ging, hörte man aus jedem zweiten Gasthaus und aus vielen Bars das Hofer-Lied des Wolfgang Ambros, das offenbar von Gästen in den damals betriebenen Jukeboxen nonstop abgerufen wurde, ein Stück Vergangenheitsbewältigung, ähnlich wie auf anderem, höherem Niveau von Helmut Qualtingers »Der Herr Karl«... Man zitiert das Hofer-Lied gern als Ausdruck der Bosheit und des latenten, alltäglichen Faschismus und der chauvinistischen Menschenverachtung des österreichischen Biedermanns und Normalbürgers, auch wegen seiner perversen Lust am Makabren und an Malheurs. Unfälle ziehen ihn magisch an und oft muss die Polizei sich erst einen Weg durch die Gaffer zum Unglücksort bahnen... Natürlich waren ähnliche Lieder und Couplets wie das Hofer-Lied auch eine Absage an das Schönbrunnerische und Schönfärberische der Heurigen- und Lipizzaner-Sentimentalität. Mir hat Wolfgang Amadeus Teuschl, der Verfasser von »Da Jesus und seine Hawara«, einer Bibel-Nachdichtung in Wiener, *Bradnseerischer*, Mundart in meinem Haus in Pichl erzählt, dass Peter Alexander ein Lied von ihm, Teuschl, hätte singen sollen, dass er, Peter Alexander, aber, als er den Text sah, indigniert abgelehnt hatte. Er hätte »Wean, du bist a oide sau« nicht über die Lippen gebracht … Das Teuschl-Lied »Wean, du bist a oide frau« hat dann Kurt Sowinetz gesungen: »Olle Menschen san ma zwida,/ i mechts in die goschn haun« … Und das nach der Melodie der »Ode an die Freude«, »Freude, schöner Götterfunken« von Ludwig van Beethoven, dessen Text bekanntlich von Friedrich von Schiller stammt. Die von Schiller und Beethoven gefeierte und besungene *Freude* ist wohl etwas anderes und Erfüllenderes als das heute in unzähligen Interviews vorkommende *Spaß* … Spaß kann man haben, Freude aber *empfindet* man …

Ja, was ist die wahre und echte Freude und wie wird man ihrer teilhaftig? Wo bekommt man ein *Navi*, um sie zu erreichen und zu erleben? *Erleben* und *erreichen* sind sogenannte »resultative« Zeitwörter, sie zeigen schon von der Wortbildung her mit dem präfigierten *er-* ein Ergebnis und Fazit an, das man er-streben und an-streben muss, wie einen Berg, den man er-*steigt* oder er-*klimmt*. Eine der Antworten, wie man oder frau Glück erleben kann ist: *Liebe*. Immer noch wird heute bei kirchlichen Trauungen das sogenannte Hohelied der Liebe (Paulus von Tarsus, 1. Brief an die Korinther) gelesen oder zitiert. Dort also kann man nachlesen, wie Religion und Theologie die Liebe definieren. Übrigens vor allem negativ, indem gesagt wird, was sie, die Liebe, alles nicht ist und nicht tut. Sie *eifert* nicht, ist also nicht eifer-süchtig, ist nicht *nachtragend* etc.... Paulus sagt: »Und wenn ich die Kunst der Weissagung und und und ... hätte, hätte aber die Liebe nicht, so wäre ich nichts, tönendes Erz und eine hohl klingende Schelle.« Es ist vom Liebe-Geben und -Erweisen, nicht vom Geliebt-Werden die Rede... Doch so einfach ist es mit der Liebe nicht, die Theologie unterscheidet bekanntlich zwischen *Amor* (Eros) und *Caritas* (Agape), irdischer und himmlischer Liebe, da ist Liebe also nur zur Hälfte, wenn überhaupt, erotisch gemeint. Ist die »wahre« Liebe eher das, was auch als *Güte* bezeichnet wird, lateinisch *bonum* (Gott als *summum bonum*)? »Gott ist die Liebe«. *Wahr, gut* und *schön* lautete die altehrwürdige »Wertetrias« in Ethik und Ästhetik. Aus einer Predigt des verstorbenen Generalvikars der Diözese Gurk-Klagenfurt Olaf Colerus-Geldern ist mir in Erinnerung, dass er einmal über den Aphorismus der großen Dichterin Marie von Ebner-Eschenbach gesprochen hat: »Die meisten Menschen brauchen mehr Liebe, als sie verdienen.«

Es gab einmal eine Fernsehsendung, die schon im Titel eine nüchterne und ernüchternde Antwort auf alles Hochgestochene und Idealistische gab. Sie lautete WARE LIEBE!!! Nicht *wahre* Liebe, sondern WARE LIEBE. Es geht also um die Liebe als Geschäft? Liebe als sexuelle Praxis. Erwerbbar und erlernbar im Sexshop? Oder im »Laufhaus«, also im Vorübergehen. Als man sich in Klagenfurt vor einigen Jahren auf ein Fußball-Europameisterschaftsspiel vorbereitete, dafür ein eigenes großes Stadion baute, war auch davon die Rede, dass man den vielen Zuschauern, den Männern aus ganz Europa, die man erwarte, sogenannte »Verrichtungsboxen«, telefonzellenartige Häuschen, sozusagen Minibordelle für Notdürftige und Schwerenöter, bieten werde. Diese *Fuck-News* haben sich als *Fake-News* herausgestellt. Doch erwiesen ist, dass sportliche oder kulturelle Großereignisse auch »einschlägiges« Publikum und Geschäftemacher (Zuhälter) magnetisch anziehen. Das gilt sogar für kirchliche Großveranstaltungen. Auch für katholische oder evangelische Kirchentage? Vom Konzil von Konstanz (1414–1418), einberufen vom Gegenpapst Johannes XXIII., heißt es, dass es auch viele Liebesdienerinnen angezogen habe, die sich am Bodensee niedergelassen hätten …

Die erwähnten *Navis*, Navigationsgeräte, haben viele Wegauskunft-Aktivitäten für Autofahrer erübrigt, die Hilfsbedürftigen müssen nicht mehr das Seitenfenster herunterkurbeln oder überhaupt aussteigen und sich umständlich bei Passanten verständlich machen. Wie oft gerät man dabei an Unwillige oder Uninformierte. »Tut mir leid, ich bin selbst hier fremd.« Oder die Befragten verstehen einen nicht, sind schwerhörig oder Personen, die nicht dieselbe Sprache sprechen wie der Fragende … Selten erwischt der Autofahrer einen kompetenten Autochthonen, einen »Bodenständigen«, einen auskunftswilligen und auskunftsfähigen Einheimischen … Die moderne Navitechnik erspart einem manche Enttäuschung dieser Art … Man gibt ein, wo man sich befindet und wo man hinwill. Das Gerät zeichnet in einer *Map* den Weg ein mit den entsprechenden Straßen- und Plätzenamen, berücksichtigt auch Verkehrsregeln und Ampeln. Das Ganze kombiniert mit einem Audio-Guide. So wird man, zusätzlich zu den optischen Informationen auf einem Display, von einer angenehmen Frauenstimme oder einer weiblich klingenden, automatisch hergestellten Voice-Imitation »geleitet«: »60 Meter geradeaus bis zur Ampel, jetzt links abbiegen«, und so fort … Einen grundlegenden Aufsatz, ja eine Monographie über »Wegauskünfte« hat Wolfgang Klein, emeritierter Professor der Linguistik der Goethe-Universität Frankfurt am Main, Leiter eines Max-Planck-Instituts für Psycholinguistik in Nijmwegen, Mitglied der Brandenburgischen Akademie der Wissenschaften in Berlin, geschrieben: »Wegauskünfte«. Vorangestellt hat er als Motto einen schelmischen Satz: *Da kommen Sie ungefähr doch ganz bestimmt hin*. Wenn ich an ihn, der auch in Spiesen mein Nachbar war, denke, bin ich auch an Ludwig Harigs Buch »Die saarländische Freude« erinnert …

Das zitierte Motto erinnert mich an »Till Eulenspiegels Schalk- und Schelmenstreiche«, ein Volksbuch aus dem Jahr 1515. Ich besitze seit meiner Kindheit ein illustriertes Exemplar, das mir von Anfang an so ans Herz gewachsen war, dass ich es sogar als 10-Jähriger ins Internat, in das Kollegium Petrinum nach Linz-Urfahr, mitgenommen habe, mit meinem Exlibris, der Unterschrift auf dem Vorsatzblatt, dem Nachnamen vor dem Vornamen … Und außerdem meiner Internatsnummer 251, die mir meine Mutter auch in die Leibwäsche gestickt hatte und die ich in jenem »zeinernen«, also geflochtenen Koffer transportierte, mit dem mein Vater schon in den Ersten Weltkrieg eingerückt war … Fast wundert es mich heute, dass mein Präfekt Markus Achleitner, der auch die persönlichen Gegenstände der Zöglinge, die sie von zu Hause mitbrachten, musterte, mir dieses Buch gelassen hat. Vielleicht wusste er nicht, dass in diesem Buch gerade auch die Pfarrer nicht gut wegkommen und von Eulenspiegel oft zum Narren gehalten werden. Er spielt ihnen manchen Possen. Der erste »Streich« ist überschrieben mit »Wie Till Eulenspiegel geboren und an einem Tag dreimal getauft ward«. Der oberösterreichische Schriftsteller Franz Rieger beschreibt in seinem Buch »Internat in L«, dass man ihm bei seinem Eintritt in das Petrinum ein Buch, ein Tagebuch, an dem er sehr hing, weggenommen hat. In meiner »Lebensreise« habe ich erwähnt, dass mir Fridolin Wiplinger, der schließlich Philosophieprofessor an der Wiener Universität wurde, erzählt hat, wie er beim Eintritt in das Seminar der Jesuiten in St. Andrä im Lavanttal in Kärnten eine »Spoliatio« (wörtlich Beraubung, Reinigung) an der Pforte erlebt hat, der sein mitgebrachter »Tausendjähriger Rosenstrauch«, eine Lyrik-Anthologie, zum Opfer fiel … Über diese aus dem Lateinischen kommende spanische *Spoliatio*, die die deutschen Jesuiten »Losschälung« nannten, worunter das Zurücklassen alles Persönlichen und Familiären, aber auch des Bücherbesitzes verstanden wurde, damit der Aspirant oder Alumne oder Novize frei für neue Aufgaben werde, habe ich im Roman »Aluigis Abbild« über meinen Namenspatron Aloysius von Gonzaga geschrieben. Da wäre jetzt der Pfeil der Lexikographen angebracht, der bedeutet: Siehe dort! Man könnte vielleicht, ins Positive gewendet, sagen, auf Bücher wurde in der damaligen Erziehung acht gegeben und Wert gelegt … Sag mir, was du liest, und ich sage dir, wer du bist … Und was tun wir mit jenen, die absolut nichts lesen? Heute hat wohl kein »Erzieher« Zeit und Lust, die Handys von Schülern zu inspizieren … Das Internet ist heute für Kinder und Jugendliche das Tor zur Welt, auch zur Halbwelt … Eine »Spoliatio«, also Wegnahme des Handys, wäre heute sicher auch in vielen Fällen eine pädagogisch angezeigte Maßnahme … *Spoliatio* übersetzt das Latein-Wörterbuch auch mit »Entziehung«. Entziehung als Erziehung? »Plünderung«, »Beraubung«, »Züchtigung« würde die Jugend dies heute nennen … Damals galt schließlich auch noch der »Index librorum prohibitorum«, es gab also »verbotene Bücher« …

Viele der Possen des Till Eulenspiegel spielen sich unterwegs ab, auf seinen vielen Reisen, Wanderungen und Fußmärschen durch Deutschland, vor allem Niedersachsen und Westfalen, schließlich Italien, was ein wenig an Joseph Freiherr von Eichendorffs »Taugenichts« »vorauserinnert« … Manchmal wurde der Fahrende, Student oder Handwerksbursch auf der sogenannten »Walz« auch von einem Kutscher oder Rossknecht auf dem Pferdefuhrwerk oder Wagen mitgenommen. Eins der wunderbarsten Gedichte des Romantikers Eichendorff ist sicher »Der Postillion«. Das lyrische Ich hört das Horn blasen und denkt: Ach, wer da mitreisen könnte! Ich selbst hingegen bin freilich sehr ortsfest, habe gern die benediktinische »Stabilitas loci« beachtet und mir vor einer Reise oft gedacht: Ach, wer da daheim bleiben dürfte … Am heftigsten hat mich das Heimweh nach dem Eintritt und in den ersten beiden Jahren im »Knabenseminar« ergriffen, als ich nach der Matura nach Wien zum Studium aufbrach. Es war ein schöner Herbsttag und in meinem Elternhaus wurde in der Scheune, an der ich auf dem Weg zum Autobus vorbeiging, die Dreschmaschine in Stellung gebracht und angeworfen. Am liebsten aber wäre ich hiergeblieben und hätte mich zu den sogenannten Maschinisten, Knechten und Mägden begeben und beim Drusch mitgeholfen, statt in eine ungewisse Zukunft nach Wien aufzubrechen …

Das letzte Kapitel in meiner Ausgabe von »Till Eulenspiegels Schalk- und Schelmenstreichen« ist überschrieben: »Wie Eulenspiegel begraben ward«, es handelt also vom Ende der »Nachspielzeit« … »Bei Eulenspiegels Begräbnis ging es wunderlich zu. Denn als sie nun all auf dem Kirchhofe um den Sarg standen, in dem Eulenspiegel lag, legten sie ihn auf die beiden Seile, und wollten ihn ins Grab senken. Da riss das Seil entzwei, das bei dem Fußende war, und der Sarg schoss ins Grab, sodass Eulenspiegel auf die Füße zu stehen kam. Da sprachen alle, die dabeistanden: Lasst ihn stehen. Er ist im Leben wunderlich gewesen, er will auch wunderlich sein in seinem Tode.«

»Wunderlich«, exzentrisch und auch, wie sich herausstellte, leider schwerkriminell, war unser Zeitgenosse Udo Rudolf Proksch alias Serge Kirchhofer, ein wahrer Eulenspiegel! Auf Wikipedia sind seine »Berufe« angegeben als »Unternehmer, Netzwerker, Designer und Massenmörder«. Ich habe im Saarländischen Rundfunk ein Interview mit ihm, dem Besitzer der renommierten Hofkonditorei Demel am Kohlmarkt 14 in Wien, gehört, das er gegeben hat, weil er einen »Verein der Freunde der Senkrecht-Bestattung« mit prominenten Mitgliedern (Helmut Zilk, Helmut Qualtinger, Leopold Gratz u.a.) gegründet hatte. Darin sagte er sinngemäß, es gebe so wenig aufrechte Menschen, sie würden immer in die Knie gezwungen und von allen möglichen Obrigkeiten gelegt, dass man ihnen wenigstens im Tod »Aufrichtigkeit« zugestehen sollte. Also sprach Eulenspiegel alias Udo Rudolf Proksch alias Serge Kirchhofer, lange bevor er ein Schiff mit einem »Atommeiler«, einer »Uranerzmühle«, in Wahrheit mit Schrott beladen und samt der Besatzung von zwölf Matrosen (von denen sechs ertranken) versenken ließ, wofür er zu lebenslangem Kerker oder Haft verurteilt wurde, mit einem Fasttag jedes Jahr am Datum des Verbrechens … Er starb 2001 nach einer Herzoperation in einem Grazer Spital, im Alter von 67 Jahren. Liest man in Prokschs Biographie über seine Verbindungen und Beziehungen zu Politikern, könnte man leicht zu der von Kabarettisten wie »Maschek« vertretenen Ansicht kommen, Österreich sei eigentlich ein Narrenhaus, im Grunde eine »Bananenrepublik« …

Eine ganz besondere Eulenspiegel-Geschichte sei noch zitiert, weil sie uns auch zur Frage des Fragens nach Wegen zurückführt. »Wie Eulenspiegel einem Wanderer den Weg angab«: »Als Eulenspiegel einst über Land ging, begegnete ihm ein Wanderer, der sich vor Müdigkeit kaum weiterschleppen konnte. Als er Eugenspiegel sah, sprach er zu diesem: ›Guter Freund, könnt ihr mir nicht sagen, wie weit es noch bis zur nächsten Stadt ist?‹ Eulenspiegel sagte: ›Gehe!‹ Da dachte der Wanderer: ›Das muss ein rechter Narr sein; dass ich gehen muss, weiß ich schon selber.‹ Er ging also weiter und verdoppelte seine Kräfte. Als er eine Strecke gegangen war, rief ihm Eulenspiegel nach: ›Freund, wenn du so weitergehst, wirst du die Stadt in zwei Stunden erreichen.‹ Verwundert blieb der Wanderer stehen und sagte: ›Warum hast du mir das nicht gleich gesagt?‹ ›Nun‹, erwiderte Eulenspiegel, ›ich musste doch wissen, wie schnell du zu gehen imstande wärest. Wie konnte ich sonst bestimmen, wie viel Zeit du brauchst, um nach der Stadt zu kommen?‹«

Eine besonders lehrreiche Epistel über die Vergänglichkeit des Menschen hat Johann Peter Hebel mit seiner Kalendergeschichte »Kannitverstan« im »Rheinländischen Hausfreund« 1908 veröffentlicht. Ein armer, verzweifelter Handwerksbursch aus Tuttlingen kommt in die, sprachgeschichtlich gesehen, mittelniederdeutsche Fremde, ins »Elend«, etymologisch gesprochen, weil *Elend* ursprünglich »anderes Land«, also »Fremde« bedeutet, und sieht dort ein prächtiges Gebäude mit hohen Fenstern – Fenstern, so hoch wie an seinem Vaterhaus in Tuttlingen die Tür. Neugierig fragt er einen Passanten, wem denn dieses Haus gehöre, bekommt aber vom ungeduldigen Gefragten im Vorübergehen nur die Antwort »Kannitverstan«. Dann sieht er im Hafen ein riesiges Schiff, aus dem wertvolle, aus Indien importierte Güter entladen werden. Auf die Frage nach dem glücklichen Besitzer des Schiffes und der Fracht bekommt er wieder die Antwort »Kannitverstan«. Zuletzt aber begegnet ihm ein Leichenzug. Den Letzten in dieser Prozession fragt er, wer denn der Bedauernswerte sei, den man hier zu Grabe trage. Antwort wie oben. Das macht ihn nachdenklich, und das Missverständnis vom reichen verstorbenen Kannitverstan versöhnt ihn zugleich mit seinem eigenen Schicksal als Habenichts …

Beim Wiederlesen dieser Hebel'schen Geschichte erinnere ich mich an eine Geschichte Eugène Ionescos. Ein gemütskranker alter Herr ist buchstäblich untröstlich wegen seiner Sterblichkeit, an die er durch die zahlreichen Leichenzüge vor dem Fenster seiner Wohnung in Friedhofsnähe erinnert wird. Der Tod wird ihm zu einer fixen Idee, wie es die Psychologie mit Sigmund Freud nennt. Die von seiner Psychose genervte Familie des Kranken erleichtert ihm schließlich durch Lügen sein Schicksal, indem sie bei jedem Leichenzug, den er von seinem Fenster aus sieht, sagt, hier trage man einen Jüngling, einen jungen Mann, oder ein anderes Mal ein 14-jähriges Mädchen zu Grabe. Das bringt den Alten zur Einsicht: Die heutige Jugend kann und versteht offenbar nicht mehr zu leben … Und ein Hörspiel Heinrich Bölls »kommt mir unter«: »Nicht nur zur Weihnachtszeit«. Einer gemütskranken Frau wird das ganze Jahr Weihnachten vorgespielt. Endlose Nachspielzeit …

In meinem sogenannten »Kleinhäuslermuseum« in Pichl bei Wels, Weinberg 5, steht heute der sogenannte »Leichenwagen«, jener schwere Leiterwagen, mit dem die in den Bauernhäusern verstorbenen und aufgebahrten Toten seinerzeit abgeholt und für ihre »Beerdigung« zur Kirche und zum Friedhof gebracht wurden. Für diesen Dienst wurde der Leiterwagen, der seinem Besitzer auch als Erntewagen zum Heu- oder Getreidegarben-Einbringen diente, umgerüstet, vor allem um die aufragenden seitlichen Leitern erleichtert, sodass der Sarg wie auf einem sogenannten Paradebett frei dastand, natürlich gesichert, was bei den rauen Schotterstraßen in der Gemeinde dringend geboten war. Gezogen wurde der Wagen von zwei besonders »braven« Pferden, Wallachen, also verschnittenen, »gelegten«, kastrierten Hengsten und zahmen Stuten. Nicht auszuschließen war, dass bei einem solchen Transport einem »normalen« Pferd die Geschlechtsnatur, die Brunft den Stuten, wiederkehrende Erektionen den Hengsten, einen Streich gespielt hätte. Die Pferde konnten ja nicht wissen, was sich bei diesem Dienst gehört und schickt und was nicht. Sie waren zwar vom Knecht des »Bestattungsbauern« glänzend geputzt und gestriegelt worden, dass sie aber von Zeit zu Zeit und manchmal eben auch zur Unzeit Wasser ließen oder Rossäpfel hinterließen, ließ sich natürlich nicht vermeiden. Im Tierreich spielt Pietät keine Geige. Am Friedhofstor, wo der Sarg von den Trägern, vier oder auch sechs Bauern, die dem Nachbarn den »letzten Dienst« erwiesen, übernommen und vom Wagen gehoben wurde, war für den Knecht des Bestatters Endstation und damit seine Aufgabe erfüllt und erledigt. Er versorgte im Hof des Kirchenwirts und Metzgers Hans Hochhauser die Pferde, steckte ihnen Heu auf und ließ sie saufen, gönnte sich selbst, oft im Vorhaus, weil die Gaststube schon für die Zehrung, den »Leichenschmaus«, gerichtet war, ein Paar Debreziner und eine Halbe Bier. Erst dann, aber noch vor dem Ende des Requiems, dessen Musik »Näher, mein Gott, zu Dir« man aus der Ferne hörte, brachte er den Wagen zurück und die Pferde in den Stall …

Es gibt ein Wienerlied, das man geradezu die Hymne der Kutscher nennen könnte und das beim Heurigen gern von Musiktrios, bestehend aus zwei Instrumentalisten, Geige und Ziehharmonika, sowie einem Sänger, gespielt wird. »Stellt's meine Ross' in Stall« von Karl Savara, ein Abschiedsgesang, der »Schwanengesang« eines Fiakers in Wien. Denn dies ist der Lauf der Welt, dass den Kutschern die Peitsche aus der Hand genommen wird und die Bestatter schließlich selbst bestattet werden, heute, dem Zeitgeist entsprechend, wohl eher im Krematorium verbrannt und eingeäschert. Eben ist davon die Rede, dass eine Nonne in Südtirol testamentarisch verfügt hat, dass sie nicht verbrannt und »eingeäschert« werden darf, sondern beerdigt und, wie früher üblich, begraben werden will. Diesen ihren letzten Willen, heißt es, könne man aber nun, in der Zeit der Pandemie und der Covid-Seuche aus medizinischen und hygienischen Gründen nicht erfüllen, und darum sei die Kremierung amtlich verpflichtend. Hinter allem steht die Angst, die Kranken könnten noch nach ihrem Ableben, sozusagen in der Nachspielzeit, die Gesunden infizieren und »anstecken« …

Wie radikal sich die Begräbnisriten geändert haben, seit man der Kirche die »tragende Rolle« genommen und das Bestattungswesen »säkularisiert« hat, wurde mir vor kurzem bei der Verabschiedung der verstorbenen 90-jährigen Gattin eines Malerfreundes deutlich. Nach der »Veranstaltung« in dem unfeierlich »Leichenhalle« genannten Zeremoniensaal fuhr der Leichenwagen vor, während die Bestatter – schwarz gekleidete, soignierte Herren mit breitkrempigen schwarzen Hüten und eine ebenfalls schwarz gewandete Frau – den Sarg aus dem Raum auf einem Rollwagen ins Freie zogen und zum Abtransport durch die offen stehende Heckklappe in den »Kofferraum« des Autos, den Lieferwagen der »Pietät«, schoben. Wie von Zauberhand aus dem Jenseits, sicher von der Fernbedienung eines unsichtbaren Beamten bewegt, ging die Heckklappe langsam nieder … Das Auto selbst aber war kein schwarzes, finsteres und trostloses Vehikel, sondern ein blendend weißer Mercedes 600, 517 PS, blitzblank geputzt, mit undurchsichtigen Milchglasscheiben und dem Firmenlogo der Bestattung, zwei gekreuzten Palmzweigen, am Seitenfenster.

Die Wiener werden ja oft belächelt oder auch verspottet, vielleicht aber insgeheim auch ein wenig beneidet und bewundert, für ihren Hang zur sogenannten »schönen Leich«. *Leich* ist in der Mundart auch der Ausdruck für das Begräbnis selbst (nicht nur für den Leichnam, den »Kadaver«). Nur bei einem erstklassigen Begräbnis konnte man Würde und Feierlichkeit verlangen, etwa auch zwei Rappen für das Gespann, also schwarze Pferde. Und zwei oder mehrere Geistliche am Altar beim Requiem und einen Chor in voller Besetzung von den Sopranen, den Frauenstimmen, bis hinunter zu den Bässen der Männer. In meiner oberösterreichischen Mundart war der gängige Ausdruck für eine von zwei Geistlichen zelebrierte Messe »zweispännig« ... Auch die Kirchensprache war agrarisch grundiert ... Ursprünglich gab es sogar drei Kategorien von Begräbnissen, die erste, die zweite und auch eine dritte Klasse, ein Armutsbegräbnis für anhanglose Junggesellen oder ortsfremde Landstreicher ohne bekannte »Hinterbliebene« ... Bei einem Begräbnis dritter Klasse werde der oder die Tote nicht mehr gefahren, sondern müsse zu Fuß selbst mitgehen, lautete ein sarkastischer Aberwitz ... Diese dritte Klasse wurde schließlich abgeschafft.

Ein unvergleichliches Begräbnis, eben ein Staatsbegräbnis, erhielt Kaiser Franz Joseph I. am 30. November 1916. Acht Rappen zogen den Leichenwagen durch den äußeren Burghof zur Ringstraße und schließlich zur Kaiser- oder Kapuzinergruft ...

Rappen waren aufgrund ihrer schwarzen Farbe die angemessenen Pferde für Trauerprozessionen, wie sie vor Beerdigungen stattfanden, sie waren aber nicht die üblichen Zugpferde der Bauern, sie waren edle, das heißt »adelige« Tiere und gerade deshalb auch für diesen feierlichen Dienst geeignet. Sie waren sozusagen Stadtpferde, keine Ackergäule ... Das kommt auch ganz besonders im wohl berühmtesten Wienerlied von Gustav Pick (1832–1921) zum Ausdruck: »I hab zwa harbe Rappen«. Das wienerische *harb* ist hochsprachliches *herb* und bedeutet »böse«, im Fiakerlied aber eher »lebhaft«. *Sei mir nicht harb!* (Sei mir nicht böse!) Der Verfasser dieses Fiakerliedes, Gustav Pick, war Jude und sein Lied schon deswegen und auch wegen seines »unheroischen« und melancholischen Inhalts in der Nazizeit verpönt, ja verboten. Hitler hat bekanntlich von den Mundarten allgemein wenig gehalten, darum hat er sogar seinen Landsmann Franz Stelzhamer, den Verfasser der heutigen Landeshymne von Oberösterreich »Hoamatland«, der einzigen österreichischen Landeshymne im Dialekt, verachtet. Obwohl Stelzhamer wie Hitler ein Judenhasser war, sozusagen ein »Ur- und Frühnazi«, wie Thomas Bernhard mit einem sarkastischen Anachronismus Albrecht Dürer nennt …

Erst in der achten Strophe des Fiakerliedes geht es ans Abschiednehmen: *I bin bold sechzig Jahr alt,/ Vierz'g Jahr' steh' i am Stand,/ Der Kutscher und sei' Zeug'l/ War allweil fein beinand./ Und kummt's amoi zan O'fahr'n/ Und wir i dann begrab'n,/ So spannt's ma meine Rapp'n ein/ Und führt's mi übern Grab'n./ Da lasst's es aber laf'n,/ Führt's mi im Trab hinaus,/ I bitt ma's aus, nur nöt im Schritt,/ Nehmt's meinetweg'n die Kreuzung mit./ Dös is a »Muass«, dös Umziag'n ins allerletzte Haus,/ Und d' Leut, die solln's merken, an Fiaka führt ma 'naus.*

Wenn ein Trauerzug »über den Graben« ziehen soll, dann darf man sich an den ursprünglichen Sinn von *Graben* (nahe verwandt mit *Grab* und *Grube*) und auch an die *Lethe* der antiken Mythologie erinnern, den Fluss des Vergessens und ohne Wiederkehr, und an *Styx*, über den die Toten vom alten Fährmann Charon für einen Obolus zur Toteninsel im Hades gebracht werden, wie es der Meister des Symbolismus, der Maler Arnold Böcklin, gleich in mehreren Bildern eindrucksvoll dargestellt hat. Dass Böcklin einer der Lieblingsmaler Adolf Hitlers wurde, der eins der fünf Toteninselbilder erwerben ließ, kann man ihm, dem Schweizer Maler, der 1901 starb, nicht anlasten. »Seinen Obolus entrichten« heißt, das Eintrittsgeld zahlen. Man hat dem Toten diese kleine Münze als Fuhrlohn für den Fährmann unter die Zunge gelegt. Heute reichte ein Obolus, ein Cent, nicht mehr als Bestattungsgebühr, gefordert sind Drachmen … »Umsonst ist der Tod und der kost' das Leben«, sagt der Volksmund … Aus dem Internet erfährt man, dass eine Einäscherung durchschnittlich 750 Euro kostet, für die Beisetzung der Asche gibt es unterschiedliche Tarife, je nachdem, ob Erdgrab, Baumgrab oder Seegrab … Die jährliche Grabmiete wird mit circa 70 Euro beziffert. Und viele, nicht nur Arme und »Unbemittelte«, lösen die Gräber ihrer Angehörigen schon nach zehn Jahren auf und ersparen sich so weitere Unkosten. Die Grabpflege und den Blumenschmuck delegieren sie an einen Floristen in Friedhofsnähe. Kerzen gibt es im Supermarkt mit Mengenrabatt. Auch Abschieds- und Trauerfeiern wurden nach der »Zurückhaltung« der Kirche oder der Kirchen von findigen Geschäftsleuten als Verdienstmöglichkeit entdeckt. Hier hat sich sogar ein Schriftsteller nach mäßigen literarischen Erfolgen auf Trauerreden bei Verabschiedungen spezialisiert. Sein Geschäft »floriert« wie jenes der Floristen, die sich an Gestecken und Kränzen eine goldene Nase verdienen. Allerheiligen und Allerseelen ist ihr Weihnachten, besser und ertragreicher als der Valentinstag, der 14. Februar … Dem Trauerredner steht ein »Florilegium«, eine »Blütenlese« an passenden Worten und Wendungen, zur Verfügung, er hat sich über den Lebenslauf des oder der Verblichenen kundig gemacht. Und natürlich hält er sich an den ehrwürdigen Grundsatz *De mortuis nil nisi bene*. Der Soziologe Mohammed Rassem, dessen Kollege ich in Saarbrücken und später während eines Vertretungsjahres in Salzburg war, hat in einem Festschriftaufsatz für den Altgermanisten Otto Höfler über den Sinn der Höflichkeit geschrieben. Er sieht in ihr und in der Beachtung von Stereotypen, auch etwa im Grüßen, Begrüßen oder Verabschieden, eine Erleichterung der Kommunikation. Halte Ordnung und sie hält dich … Das Wort *Stilblüte* war ursprünglich nicht ironisch gemeint … Abweichungen vom Konventionellen, zumindest radikale – etwa mit einer ungewöhnlichen Musik bei der Verabschiedung, statt Trauermusik Schnaderhüpfel, oder mit grellbunter Kleidung statt schwarzer –, sind oder wirken oft deplatziert, also »fehl am Platze«. Ein Begräbnis ist kein guter Termin für Originelles. *Variatio non delectat* … Beim Begräbnis eines Dramaturgen des hiesigen Stadttheaters hat man statt einer Trauerrede einen Vortrag des Verstorbenen vom Tonband abgespielt, als sei der »Heimgegangene« nicht auch verstummt und noch »unter den Lebenden«. Er rezitierte »Ein

Gleiches« von Goethe … Merkwürdiges im Sinne von Absonderlichem findet sich manchmal auch im Erscheinungsbild von Gräbern und Grabdenkmälern. Auf dem Klagenfurter Friedhof St. Martin hat man einem verstorbenen Automechaniker ein Lenkrad auf den Grabstein montiert. Ist der Verewigte etwa bei einem Autounfall ums Leben gekommen? Oder war Autofahren seine Lieblingsbeschäftigung? Der Mensch denkt und Gott lenkt? Charakteristische, für den Verstorbenen bezeichnende Gegenstände gibt es öfter auch auf Gräbern, sie machen den Gang durch die Reihen zu einem (heiteren) Berufe-Raten … Oder sie machen einen todtraurig, wenn man an Kindergräbern Spielzeug oder Puppen sieht … Grabbeigaben, wie sie in vielen Kulturen einmal üblich waren, sind aus der Mode gekommen. Und dort, wo es sie gab, sind sie von Grabräubern »beseitigt«, das heißt »zur Seite geschafft« worden, Zahngold inbegriffen. Die Schätze der Pharaonen sind heute in Museen … Ein befreundeter Priester hat mir erzählt, dass seine Geschwister ihrer verstorbenen Mutter sein Primizbildchen in den Sarg auf die Brust gelegt haben … Um es vielleicht an der Pforte zum Paradies bei Petrus zum Beleg ihrer Frömmigkeit und Rechtgläubigkeit als Ausweis vorzuzeigen … Ein populärer, hintersinniger Sponti-Spruch lautete: Es gibt ein Leben vor dem Tod. Er lässt offen, ob der fromme Spruch am Friedhofstor in Pichl bei Wels recht hat: Der Tod ist das Tor zum Leben. Zum *ewigen* Leben?

Am Allerseelentag, dem Tag nach Allerheiligen, ist es Brauch geworden, dass der Autofahrerclub ÖAMTC kleine Wegkreuze am Straßenrand an Stellen anbringt, wo Verkehrsteilnehmer, vor allem Auto-, aber auch Motorrad- oder Radfahrer, tödlich verunglückt sind, als Totengedenken, aber auch als Mahnung und Warnung für die Vorüberkommenden … O Mensch, gib acht! Es macht betroffen, wenn man an bestimmten Stellen gleich mehrere Kreuze sieht. Eine solche Stelle war etwa im sogenannten Schießling-Wald zwischen Oberthan und Oberham unter dem Ebner-Berg, wo das Elternhaus meiner Mutter stand. Der Name *Schießling*, abgeleitet auch von *Schuß*, »steiler Abhang«, wie in der »Schußfahrt«, hätte uns, als Radfahrer, eigentlich stutzig und vorsichtig machen sollen. Wie oft aber haben wir es, wenn wir die Anhöhe nach Oberthan von Wels aus erreicht hatten, ohne zu bremsen, den Schießling hinunterlaufen lassen. Oft aber ist dieser Übermut einem Rad- oder Motorradfahrer zum Verhängnis geworden … Eine noch viel gefährlichere, ja berühmte oder vielmehr berüchtigte Stelle gab es auf der Bundesstraße 1 zwischen Lambach, beziehungsweise Edt bei Lambach, und Wels, bei der sogenannten »Roten Kapelle« im Gemeindegebiet von Gunskirchen, nahe der Ortschaft Straß, wo es auch eine Gedenkstätte für die Opfer der Nazidiktatur gibt. Die Unfälle bei dieser relativ harmlosen Kurve nach einer längeren Geraden häuften sich derart, dass man sogar erwog und dachte, es müsse an Erdstrahlen liegen, die die Fahrenden an dieser Stelle irritierten, sodass sie ihr Fahrzeug, Auto oder Motorrad, »verreißen« … Man hat damals bei der Neugestaltung der Gefahrenstelle nicht nur Verkehrsplaner, sondern auch einen Wünschelrutengänger engagiert … Nicht weit von der »Roten Kapelle« Richtung Wels gibt es am Straßenrand nahe bei dem vielbesuchten Gasthaus Wiesinger, dem »Wirten am Berg«, ein kleines Marterl, das an einen Unfall erinnert, nicht aber einen Auto- oder Motorradunfall, sondern an das Unglück eines Pferdefuhrwerks. Hier sind dem Vater Adalbert Stifters Johann Stifter (1771–1817), einem Leinenweber und Flachshändler, auch »Fuhrunternehmer«, der eine Fuhre Flachs nach Stadl-Paura bringen wollte, die Pferde »durchgegangen«, nicht aber, wie es später in der Kampfzeit zwischen Pferd und Motorfahrzeugen immer wieder geschah, weil Autos Pferde trotz Scheuklappen derart verunsichern, dass sie reißaus nehmen, die Wägen umstürzen und zu Schrott schleifen … Auf dem Friedhof in Gunskirchen, also fern seiner Heimat im oberen Mühlviertel in Oberplan, wurde Johann Stifter beerdigt. Sein Sohn Adalbert, »Bertl«, war beim Tod des Vaters zwölf Jahre alt. Auf einer Grabplatte auf dem Friedhof in Gunskirchen steht: »Auf diesem Gottesacker ruht der Vater des Dichters Adalbert Stifter, der Bürger und Flachshändler Johann Stifter. Er fand am 30. November 1817 in der Nähe der Taverne Wirt am Berg unter seinem umgestürzten Flachswagen den Tod und wurde am 3. Dezember 1817 bestattet.«

Erst ein Jahrhundert später begann der Konkurrenzkampf zwischen Pferdefuhrwerken und Autos. Heute wirken die Fiaker, die es in Wien noch oder wieder gibt, unter den vielen Autos mehr als verloren … Rührend, wie die »Kutschenreuter« die Rossäpfel aufklauben, in Jutesäcken einsammeln, die sie hinten am Wagen anhängen, um sie am Abend zu entsorgen … Ich habe einmal beschrieben, wie ich auf einem Pferdefuhrwerk, einem Brückenwagen, die Walzen der Walzenstühle der Mühle meines Vaters nach Wels in die Schlosserei Berger zum sogenannten »Riffeln«, also Schärfen, transportiert habe. Immer wenn mir ein Auto, etwa auch der Autobus, der auf dem Weg nach Haag am Hausruck unterwegs war, begegnete, hatte ich Angst, die Pferde könnten mir trotz der Scheuklappen scheuen und »durchgehen«. Wie aber war ich erleichtert, als ich nach der Rückreise am Abend die Pferde, den Wallachen Fuchs und die Stute Gretl, ausschirren und in den Stall bringen konnte … Das mundartliche Resumé: *Guat is ganga, nix is gschegn …*

Trauerreden und Grabreden sind eine besonders heikle, ja peinigende Aufgabe für den oder die, der oder die sie halten muss, und oft auch für jene, die sie anhören (müssen). Es gibt freilich eine reiche Literatur über die Kunst der Rede im Allgemeinen und über einzelne Genres, natürlich auch die Trauerrede, im Besonderen. Ich besitze ein Buch mit dem Titel »Concionator Dominicalis«, das ist der »Sonntagsprediger«, von einem Benediktinermönch aus Mondsee, Casimir Moll, aus dem Jahr 1736. *Concionator* heißt auf Deutsch »Prediger« und »Verkünder«. Das Wort ist verwandt mit *concisus*, »kurzgefasst, prägnant, komprimiert« – eine Vorgabe, an die sich nicht alle Prediger und Festredner und *Concionatoren* halten, *Concidere* heißt freilich auch »niederschlagen«, was auch bedeuten mag, dass sich der Redner, der sich kurzfasst, beherrschen und sozusagen Gewalt antun muss, um nicht ins Plaudern zu kommen … Casimir Moll widmet das dicke Buch in einer ausführlichen *dedicatio* dem Bischof von Passau, zu dessen Diözese Mondsee gehörte. Über drei Seiten ziehen sich die Floskeln und barocken Bücklinge vor dem Archiepiskopus, dem Fürstbischof Josephus Dominikus Graf von Lamberg, hin, einmündend in eine Suada von Bescheidenheitstopoi des Autors, bevor er zur ersten Christenlehr-Predigt auf das Geheimnis des Ersten Sonntags des Jahres »nach dem Fest der Beschneidung des Herrn« kommt.

Nichts ist ewig … SEMPERIT? Von nun an bis in Ewigkeit? Nichts geht mehr! »Umstandsbestimmung« der Zeit. Der Satzgegenstand, das Subjekt, ist ausgespart. Gemeint ist das Fahrzeug, der Reifen selbst … *Ire*, »gehen«, ist ein semantischer Multi. Im »Deutschen Wörterbuch von Jacob und Wilhelm Grimm«, und zwar in Band fünf, steht »GEHEN GEHN, *ire*, ein nach form und gehalt überaus reich entwickeltes wort, dessen erschöpfende behandlung ein werk für sich wäre.« Warum *wäre*, liebe Brüder Grimm – oder lieber Rudolf Hildebrand, Bearbeiter des Stichwortes? Ziemlich genau 100 Spalten (Seiten) ist der Artikel lang, davon der Abschnitt zu *bedeutung und gebrauch* allein ungefähr 80: keine Präposition, die sich mit *gehen* nicht verbinden ließe, angefangen von *ab*, *an* und *auf*, *aus* bis *zu* und *zurück*, also von A bis Z. Das Licht geht *an* und die Tür geht *auf* oder *zu*. Die Uhr geht richtig, *vor* oder *zurück*, und vieles geht oder geht nicht *zusammen* und *schief* und *auf keine Kuhhaut*. Und die unzähligen Ableitungen und Komposita! Vom *Aufgang* der Sonne bis zu ihrem *Untergang* …

Ein anderes Buch aus meiner Bibliothek möchte ich in diesem Zusammenhang nennen: »Vor den Schranken der Öffentlichkeit. Ein Handbuch für den Bürgermeister, von Stadtamtsdirektor Hans Brandstetter«. Der Vater des Wolfgang Brandstetter, des Universitätsprofessors am Juridicum der Universität in Wien und an der Wirtschaftsuniversität, ehemaligen Justizministers und Vizekanzlers, Hans Brandstetter, war Stadtamtsdirektor der Stadt Haag in den Strengbergen und hat mit seinem im Selbstverlag herausgegebenen Buch mit Musterreden für verschiedene kommunale Gelegenheiten und Anlässe den Bürgermeistern und Amtsträgern an die Hand gehen wollen. Ein kleiner Abschnitt ist überschrieben mit »Der Tod klopft an die Tür« und bringt vier Musterbeispiele von Grabreden. Auch eine »Ansprache bei einem Motorsportfest«. Hier findet sich ein Passus, den man gern den Teilnehmern der jährlichen GTI- und Harley-Davidson-Treffen am Wörthersee ins Stamm- oder Fahrtenbuch schreiben möchte: »So feiern wir dieses Fest des Triumphes der Maschine bewusst auch als Fest von Menschen, die den guten Willen haben, als Beherrscher der Maschine auch inmitten dröhnender Motoren und einer materialistischen Welt zum Bruder und Mitmenschen zu finden.« Den Weg zum Bruder und Mitmenschen finden freilich nicht alle Teilnehmer des GTI-Treffens. Darum gibt es jährlich auch eine Flut von Beschwerden und Klagen über Lärmbelästigung und Geschwindigkeitsübertretungen von Ortsansässigen und Anrainern des Geländes, wo die weither Angereisten »Gummi-Gummi« inszenieren, die Räder *durchdrehen* lassen, Beschleunigungs- und Bremsmanöver veranstalten, sodass vor begeistert applaudierendem Publikum die Reifen oft in Fetzen von den Felgen brennen. Wie die Pneus drehen auch die Autonarren durch …

Rhetorische Hilfeleistung bei Formulierungsnöten, wie sie Hans Brandstetter in dem erwähnten Vademecum den Lokalpolitikern anbietet, war wohl wirklich ein »Desiderat« … Wie oft mag Hans Brandstetter merkwürdige und »unwürdige«, gut gemeinte, aber unfreiwillig komische und missglückte Reden an Gräbern von Lokalpolitikern gehört haben! Uns, die Bewohner des Studentenheims in der Wiener Ebendorferstraße, hat einmal Dr. Josef Gugerbauer, der nach seinem Auszug aus dem Heim Direktor der Oberösterreichischen Raiffeisenbank in Linz geworden ist, mit einer Schnurre erheitert, dem Bericht über eine Grabrede, die er irgendwo im Mühlviertel von einem Bürgermeister gehört hat und die in die eindrucksvolle Kadenz mündete: »Und wenn du, teurer Kamerad, uns, den trauernd Hinterbliebenen, noch etwas sagen könntest, so würdest du uns sicher zurufen: Haltet in Treue fest an der christlichen Idee Friedrich Wilhelm Raiffeisens unter dem Giebelkreuze!« Auch wenn Jäger Jagdkameraden »verabschieden«, setzt es oft kuriose Pointen, wenn angesichts des Todes von den »ewigen Jagdgründen« und der »himmlischen Pirsch« gesprochen wird ... Oder, um nur ein Beispiel aus dem Lavanttal in Kärnten zu nennen: »Hier ruht der ehrsame Johann Missegger, auf der Hirschjagd durch einen unvorsichtigen Schuss erschossen. Aus aufrichtiger Freundschaft von seinem Schwager Anton Steger«.

Auch bei der Verabschiedung von Sportlern, verunglückten Rennfahrern, Schifahrern oder Fußballspielern, die bei Ausübung ihres Sports oder auch lange nach der Nachspielzeit eines natürlichen Todes gestorben sind, kann man oft seltsame Reden hören, wenn vom Schlusspfiff durch den himmlischen Schiedsrichter die Rede ist, von Abseits, Diesseits und Jenseits. Mir sind nicht nur eigenartige, »unartige« bis »abartige« Grabreden in Erinnerung, sondern auch kuriose, erstaunliche Abweichungen von an sich rituell Festgelegtem, etwa bei standesamtlichen, aber auch kirchlichen Trauungen. Als einer meiner Pichler Mitschüler mit Namen *Arthofer*, der ein begeisterter Fußballer geworden war, heiratete, haben Mannschaftskollegen des Bräutigams nicht in Chorröcken, sondern in Fußballdressen ministriert. Und ich habe noch das Klappern der Stollen ihrer Fußballschuhe auf dem Pflaster der Kirche bei ihrem Einzug im Ohr ... Wohl ungern gab unser Pfarrer mit dem aristokratischen Namen *Hochedlinger* die Erlaubnis zu solchen branchenfremden unliturgischen, »proletarischen« Extratouren. Manchmal hört man aber auch von »volksnahen« Geistlichen Erstaunliches, wie vom ehemaligen Kärntner Tourismus-Seelsorger, dem Holländer Gustav Bergmans, der die Gläubigen als

Dank für ihre Teilnahme am Gottesdienst nach dem *Ite, missa est* noch mit einem Witz »belohnte« und verabschiedete, angeblich manchmal auch mit einem »schlüpfrigen« bzw. einem, der nach der Etymologie von *schlüpfrig* gerade noch an- und durchgeht …

Apropos Jagd, von der schon die Rede war: Mehr Wild als der Jagd und den Jägern fällt laut Statistiken dem Straßenverkehr zum Opfer: 90 000 Wildtiere, vor allem Hasen und Rehe, verenden in Österreich jährlich jämmerlich auf den Straßen! Von den armen Fröschen und Kröten ganz zu schweigen, wenn die Weibchen in der Brunft die dicken Männchen huckepack vom Ufer des Teiches, aus einem Tümpel, über die Straße schleppen müssen und dort während dieses »Geschlechtsverkehrs« im Straßenverkehr unter die Räder kommen. Tierschützer sind heute zu den »Stoßzeiten« unterwegs und errichten Zäune, die die armen Tiere von den Straßen fernhalten. »Ich bremse auch für Tiere« ist ein Slogan, den tierliebende Menschen als Sticker an ihre Heckscheiben kleben. Dabei handelt es sich nicht nur um Wild-, sondern auch und noch mehr um Haustiere, Hunde, Katzen und Hühner. Leider gibt es auch nicht wenige rücksichtslose Fahrer, die offensichtlich der Meinung sind, der Führerschein sei auch zugleich ein Jagdschein … Eine Lizenz zum Töten!

Otto Zernatto (1913–1986), ein Mann der Kärntner Wirtschaft, ein leidenschaftlicher Jäger und »nebenberuflich« ein geistreicher, pointensicherer Satiriker, hat sich diesem Problem auch gewidmet und liefert mir ein passendes Schlusswort zu diesem Thema. Aus seinem Band »Jagdgeschichten und Marterln« von 1988 stammt das folgende Gedicht: »Fahr langsam, Automobilist,/ weil du dahier nie sicher bist,/ dass nicht ein Hirsch, ein Reh, ein Hase/ beim Überqueren dieser Straße/ von dir zu Tod gefahren wird!/ Denn wenn dir so etwas passiert,/ ist zu beklagen ja nicht nur/ des Herrgotts arme Kreatur,/ die niemand was zuleide tut:/ auch dein Vehikel ist kaputt,/ und hat das Schicksal es im Sinn,/ so bist du auch noch selber hin/ und rasest mit dem Wild zu zweit/ hinüber in die Ewigkeit!«

Ein »Autonarr« sui generis, *sit venia verbo*, war Manfred Brandl. Als er 2014 starb, stand in den »Oberösterreichischen Nachrichten«: *Maserati-Pfarrer Manfred Brandl gestorben.* Konsistorialrat DDr. Manfred Brandl war Pfarrer von Meggenhofen und Pfarrprovisor von Steinerkirchen am Innbach, wo er auch auf dem Friedhof der Wallfahrtskirche Maria Rast, nachdem er 72-jährig im Alten- und Pflegeheim der Franziskanerinnen im Marienheim in Gallspach verstorben war, am 13. Juni 2014 beerdigt wurde. Den Kondukt beim Begräbnis führte der Linzer Diözesanbischof Ludwig Schwarz. In Meggenhofen fanden zu seiner – Brandls – Zeit im Pfarrhof und den angrenzenden Gründen und im Pfarrhofgarten wiederholt große und vielbesuchte Oldtimertreffen statt, bei denen sich der Herr Pfarrer als Organisator und kompetenter Kommentator in der Szene einen Namen machte und in Szene setzte … Verbunden waren diese Veranstaltungen immer mit einem sozialen und karitativen Anliegen, einer Kollekte für in Not geratene Familien … Für Hochzeiten stellte der Herr Pfarrer seinen elendslangen Mercedes 600 mit Pullman-Stretch-Karosserie zur Verfügung, in dem nicht nur das Brautpaar, sondern auch die halbe Hochzeitsgesellschaft, jedenfalls auch die Trauzeugen, Platz hatten und sich gegenübersaßen. Wenn ein so umtriebiger, unruhiger und »beweglicher« Theologe die Erde verlässt, bekommt das bei den Exequien angestimmte Gebet einen besonderen Sinn: *Herr, gib ihm die ewige Ruhe und das ewige Licht leuchte ihm. Lass ihn ruhen in Frieden …* Weil ich ihn selbst bei einem Begräbnis in Kematen am Innbach beim anschließenden Mahl als humorvollen, ein wenig übermütigen Mann erlebt habe, erlaube ich mir, ihm nun nicht nur das grelle ewige Licht, sondern auch das bekömmliche Abblendlicht, das »Abendlicht«, zu wünschen … Nichts für ungut, sagen die Oberösterreicher beim Abschiednehmen gern … Dass er, der »Maserati-Pfarrer«, gerade auf dem Friedhof an der Wallfahrtskirche *Maria Rast* seine letzte Ruhestätte und einen Rastplatz gefunden hat, ist von schöner tiefgründiger Bedeutung. Sollte ich noch einmal nach Oberösterreich kommen und den Friedhof an der Kirche Maria Rast besuchen können, dann würde ich dort nicht nur Brandls Grab aufsuchen, sondern auch das des dort beerdigten früheren Pfarrherrn Heinrich Steiner, des von den Nazis verfolgten und im KZ Dachau gequälten Bekenners gedenken, über den ich das Buch »Der geborene Gärtner« geschrieben habe, und auch das Grab des langjährigen Gemeindearztes Dr. Engelbert Pachler besuchen …

Ein Reifenerzeuger hat sich 1824, also lange vor dem ersten Automobil, den lateinischen Satznamen SEMPERIT gegeben und als Marke schützen lassen. Auf Deutsch hieße dies »Geht immer«. Das ist eigentlich ein subjektloser Satz, also ein Anakoluth oder in neuerer deutscher Terminologie eine »Setzung« (im Gegensatz zu Satz), also ein Verb mit einem Adverb. *Semper it*? Auch nach der Nachspielzeit?

Auch in sogenannten Häufigkeitswörterbüchern ist *gehen* ein Spitzenreiter. Da kann sich *fahren* verstecken! Der aufrechte Gang steht am Beginn der Menschwerdung. Der Mensch kommt und *geht*. Und wenn uns ein lieber Mitmensch verlässt und stirbt, sagen wir, er sei von uns gegangen. Vor uns von uns ... Bekannt ist auch der »Sager« eines Politikers und »Sesselklebers«: »Solange ich gehen kann, gehe ich nicht!« Das Wort *eingehen* für »sterben« klingt heute herzlos und hässlich, war aber einmal als verkürztes »eingehen in die Ewigkeit« durchaus »anständig« ... Robert Löffler hat in einer seiner vielbeachteten Glossen in der »Kronen Zeitung« unter dem Namen »Telemax« (weil er vor allem das Fernsehprogramm kommentierte) auch das Wort *hin* für »tot« »rehabilitiert«, weil es ursprünglich, als verkürztes *hinüber*, »hinscheiden« – ins ewige Jenseits – bedeutet hat ... *Hingehen* aber ein Synonym für »heimgehen« ... Löfflers Texte sind humorvolle, tiefgründige und kenntnisreiche (humanistische) Anmerkungen zur Sprache der Medien, auch allgemein zu jener des gesellschaftlichen Lebens. Ich habe sie auch gern in meinen Lehrveranstaltungen zitiert und in Seminararbeiten analysieren lassen ... *Semper* –

»immer« – für Autoreifen ist natürlich ein Euphemismus, ein frommer Wunsch, denn immer und ewig halten Reifen nicht, bald sind sie »abgefahren«, haben nicht mehr die verlangte Tiefe der Rillen im Profil und müssen ersetzt werden, ob Sommer- oder Winterreifen… *Semper* ist auch sonst nichts im und am Auto, vielleicht *saepe*, »oft« oder »manchmal«, keinesfalls »*in aeternum*«, »immer und ewig«. Autos haben keinen absoluten, sondern nur einen sogenannten *Zeitwert*, der täglich abnimmt und spätestens nach 15 Jahren einen Tiefpunkt erreicht hat, sodass sich größere Reparaturen nicht mehr auszahlen und rechnen… Die »Abnützung« betrifft leider auch den »Bewegungsapparat« des Menschen. Ständig ist an den Stammtischen älterer Menschen von künstlichen Hüftgelenken und Kniescheiben die Rede, ganz zu schweigen von Transplantationen, als hätten die Spitäler wie die Kfz-Werkstätten »Ersatzteillager«… Nach einem Multiorganversagen ist allerdings endgültig Schluss… Auch die »Nachspielzeit« im Lebenskampf ist einmal zu Ende… Irreparable Schäden lassen sich durch Reparatur oder Operation nicht mehr beheben… Ein Autofriedhof für altersschwache, ausrangierte Vehikel, der Gottesacker, Friedhof oder neuerdings »Friedenshain« für verstorbene und »eingeäscherte« Menschen…

Populäre Lieder wie das Fiakerlied oder auch Gedichte sind immer wieder auch Einladungen zu Parodien. Davor ist auch kein Dichter gefeit, nicht einmal oder vor allem nicht Goethe. »Das hat kein Goethe g'schrieb'n,/ das hat kein Schiller dicht',/ is von kan

Klassiker,/ von kan Genie…«, dichtete Josef Weinheber in »Wien wörtlich«. Wie viele Parodien gibt es etwa auf den »Erlkönig«! Im Falle des Fiakerliedes war es Fritz Löhner-Beda, der eine Parodie verfasste: »I hab an alten *Daimler*«, in anderer Version: »I hab an alten *Mercedes*«. Auch in der Bildenden Kunst wird gern »zitiert« und parodiert und persifliert. In der Karikatur ist die »Kontrafaktur« das dominierende Grundprinzip. Wie viele Karikaturen gibt es, auf denen ein Bundeskanzler ein Auto pilotiert… Die Staatenlenker als Autolenker… Arnold Böcklins Bilder sind oft von ihm selbst variiert und von anderen, oft Salonmalern, kopiert, aber auch von Karikaturisten »benützt« und trivialisiert worden, die sie umdeuten und mit anderen Botschaften versehen.

Die Parodie des Fiakerliedes von Fritz Löhner-Beda ließe sich von den Untertürkheimern kaum als Werbung gebrauchen. Denn der *Daimler* oder *Mercedes*, der hier von einem Taxler »besungen« wird, ist eine desolate Ruine, eine Karikatur von Auto: »Die Ledersitz san z'rissen,/ die Federn stehn in d'Höh…« Hier ist der Mercedes-Stern verblasst und gesunken, sicher kein aufgehender Morgen-, sondern ein untergehender Abendstern… »Dann fangt er an zum stinkn/ und fahrt a Wengerl raus./ Doch bei der ersten Kreuzung/ geht eam da Adam aus./ Die Zündung streikt, des Radl steht,/ und nur der Taxameter geht.« *Adam*, eine Hybridform zwischen *Atem* und *Odem*… Kühn, ja tollkühn ist der Vergleich, in den diese Misserfolgsgeschichte mündet: Faul und träge ist das Auto und insofern »a echts Weanakind«… Und der Taxler ein Schlaumeier, der wieder einmal kein Kleingeld hat, um dem Fahrgast herauszugeben … Die »Vorgeschichte« des Taxlers, die in der zweiten Strophe mehr zweideutig angedeutet als gründlich erzählt wird, ist ein Kabinettstück, ein amouröses Sittenbildchen: *I war beim alten Wurzner/ als Bua in der Garasch,/ drei Watschn in da Wochn,/ des war mei Mindestgasch./ I hab eam putzt die Radln/ und g'waschn das Schasssis,/ da ham mir uns gefunden,/ die Dschosefin und i/ Sie war die jüngste Tochter/vom Greissler visavis./ Bei ihr warn halt die Laberln groß,/ und ah die Schinken tadellos/ Und amal an an Sonntag,/ der Wurzner war net z'haus./ ham mir an klanan Ausflug gmacht/ ins Liebhartstal hinaus./ Doch dann wars aus mit'n Liebesglück,/ denn mir is platzt die Pneumatik*. Der Refrain lautet: *Des Madl, des war halt a echts Weanakind./ bein Na-Sagn war's z'langsam, bein Buss'ln war's gschwind./ Und mir war'n halt jung und des war des Malheur./ Jetzt hat sie – an klanan Chauffeur*.

Mit den *Laberln* sind die *mammae* gemeint, die »*Gspaßlaberl*«. Und von den anzüglichen *Schinken* ist es nicht weit zu *Schenkel* … Der Orgasmus selbst ist wie ein »Reifenplatzer«.

Aller Anfang ist schwer. Das galt seinerzeit auch für das Starten von Autos, vor allem im Winter. So hat sich die findige Industrie sogenannte *Starthilfen* ausgedacht. Die erste *Starthilfe* an jenen Autos, wie auch ich im Jahr 1963 eines besessen habe, war der sogenannte *Choke*, eine mit einem Knopf an einem Seilzug zu bedienende Startklappe, die dem Motor bei Kaltstart half, leichter *anzuspringen*. Technisch gesehen ging es dabei darum, dass im Vergaser dem Benzin-Luft-Gemisch mehr Kraftstoff zugeführt wurde, der Treibstoff also »fetter« wurde und so den Motor leichter und schneller auf Touren brachte. War der Motor »angesprungen« und auf Touren gekommen, deaktivierte man den Choke. Man *würgte* den Motor also, man *würgte* ihn aber nicht *ab*, man drosselte die Kraftstoffzufuhr auf Regelmaß … Eine ähnliche Starthilfe kennt der Hobbygärtner auch an seinem Rasenmäher oder auch am Rasentraktor. Sobald die Maschine *angesprungen* ist und läuft, drückt man den Choke wieder in seine Ausgangsstellung auf die Position Standgas zurück … Beim Traktor, wie ich auch einen hochrädrigen Steyr »Hackfruchter« in meinem Haus in Pichl besaß, war die Starthilfe ein sogenanntes *Jaukerl*, ein kleines Ding aus filzartigem Material, ähnlich den Anzündhilfen bei Ölöfen, das man, auf einen kurzen Stab gesteckt, ins Traktorinnere schrauben und drücken musste, wenn man mit der Kurbel den entsprechenden Schwung erzeugt hatte. Da tuckerte der Traktor dann (hoffentlich) los. Manchmal ist er aber auch noch einmal »abgestorben«. Dann hieß es da capo. *Absterben*, als ginge es um Leben und Tod … Der mundartliche Ausdruck *Jaukerl* bezeichnet laut Wiener Mundartwörterbuch von Maria Hornung eigentlich die »Injektion«, beziehungsweise den Stich, von dem eben in der Covid-19-Pandemie wieder viel die Rede ist. Das Fachwort *Choke* nun habe ich lange volksetymologisch als *Joker* missverstanden und dementsprechend falsch ausgesprochen und als Metapher für das Gegenteil eines Spielverderbers gehalten! Mit dem *Joker* fängt der Spaß an, er macht der Maschine Beine, dachte ich, hilft ihr auf die Sprünge. Er ist gewissermaßen ein Animateur … Zu meiner Verblüffung verhält sich die Sache völlig anders. Die besagte Vorrichtung heißt nicht *Joker*, sondern *Choke*. Und englisch *choke* heißt »würgen«. *Pull out the choke*, »den Choke ziehen«, »würgen«, »erdrosseln«. So kann man sich täuschen. Der deutsche Fachausdruck für diese Einrichtung heißt bekanntlich *Anlasser*. Nicht erst seit Katalysatoren in die Motoren eingebaut, sozusagen »angebaut« werden, ist auch die Choke-Angelegenheit eine gründlich andere und überholt. Man startet einfach, das Übrige und Nötige macht und holt sich die Maschine automatisch selbst …

Ein *Katalysator* ist laut Fremdwörterbuch ein »Stoff, der durch seine Anwesenheit chemische Reaktionen herbeiführt, oder in ihrem Lauf beeinflusst, selbst aber unverändert bleibt« … Bleifreies Benzin und der Einbau von Katalysatoren, kurz *Kats* genannt, waren vor ungefähr dreißig Jahren eine erste Antwort auf die Luftverpestung durch Verbrennungsmotoren. Eine definitive Erlösung und Lösung aller Umweltprobleme waren sie natürlich nicht. Auch nicht die Autos der sogenannten E-Mobilität, denn einen unschuldigen grünen Strom gibt es an den neuen Tankstellen und Zapfsäulen ja auch nicht. Man spricht bei ausweglosen Problemen populärtheologisch vom »Teufelskreis«. Vermeidet man an einer Stelle Schlimmes, muss man Böses an einer anderen Stelle in Kauf nehmen … Man umgeht eine alte Falle und tappt in eine neue. Ideal wäre, meint der fachfremde Utopist, wenn die Autos sich ihren »Kraftstoff« aus der Solarenergie holten. Dazu brauchten sie freilich riesige unhandliche Solarpaneele über den Dachträgern und Konvektoren und Batterien von Batterien. Und fahren könnten sie letztlich nur bei Sonnenschein. Schönwetterfahrzeuge … Und keinesfalls durch die neuen, 50 Kilometer langen Tunnel … Das griechische Wort *katalysis,* das in *Katalysator* steckt, bedeutet nach dem »Griechisch-deutschen Schul- und Handwörterbuch« von Wilhelm Gemoll »Auflösung, Zerstörung, Vernichtung, Sturz«, aber auch »Beendigung, Einstellung« oder sogar »Ort der Einkehr, Ausspannung, Herberge«. Ein *Katalysator* ist also ein Mensch – oder ein Gerät, das das Böse zerstört und unschädlich macht … *katalysis tou polemou,* »Beendigung des Krieges«, also eigentlich ein »Friedensstifter«. Dann gilt freilich auch: *Si vis pacem, para bellum*, zu Deutsch: »Willst du Frieden, dann rüste dich für den Krieg« …

Von *Starthilfen* ist heute im politischen und ökonomischen Diskurs häufig die Rede, auch von »Hilfe zur Selbsthilfe«. »Hilf dir selbst, dann hilft dir Gott«, sagen Nihilisten und Pessimisten … *Starthilfe*, das ist auch die altruistische Idee hinter der *Entwicklungshilfe.* Mit Starthilfen sollen potenzielle Jungunternehmer zu Betriebs- oder Firmengründungen animiert werden, und seien es Ein-Mann- oder Ein-Frau-Betriebe, »Ich-AGs«. *Start-up* heißt der Terminus technicus respektive oeconomicus … Viele dieser Neugründungen sind freilich leider Eintagsfliegen und verschwinden bald wieder »von der Bildfläche«, wie es mitleidslos heißt.

In ernster Diskussion, und auch als parlamentarisches Gesetzgebungsverfahren »anhängig« und »in Begutachtung«, ist, gewissermaßen spiegelbildlich zur »Starthilfe«, die umstrittene »Sterbehilfe«. Starthilfe ist recht eigentlich der Beruf der Hebamme. »Sterbehilfe« war einmal auch eine Obliegenheit der Geistlichen und Seelsorger, beim Sterben helfen, nicht zum Sterben verhelfen … »Jeder stirbt für sich allein« ist der Titel eines Romans von Hans Fallada. Ein anderer: »Kleiner Mann, was nun?«

»Ich werde dir weiterhelfen!« kann ein freundschaftliches Versprechen, aber auch im Gegensinn eine gefährliche Drohung sein!

Im philosophischen Positivismus lautet die Grundthese nach einem Buchtitel von Julien Offray de La Mettrie, dem Aufklärer und zugleich Aufklärungskritiker der ersten Hälfte des 18. Jahrhunderts, dem Materialisten und Atheisten, der seiner Ansichten wegen verfolgt wurde, vorübergehend Exil beim preußischen Philosophenkönig Friedrich dem Großen gefunden hat, und relativ jung gestorben ist: *L'homme machine*, »Der Mensch als Maschine« oder auch »Maschine Mensch«. Selbstironisch, und wohl auch ein wenig stolz, nannte er sich selbst gern *Monseigneur Machine* …

Ich habe einmal für einen Almanach zum Thema »Mein Körper« einen Beitrag über einen mir bekannten Gemeindearzt geschrieben, der für seine humorige, auch drastische Ausdrucksweise bekannt, bei manchen Leuten deshalb beliebt, bei anderen aber eher unbeliebt war. Er sprach bei psychischen oder physischen Problemen gern nicht wie ein Arzt und schon gar nicht lateinisch, sondern wie ein Automechaniker. Vielleicht auch *adressatengerecht*, weil viele ihr Auto wohl besser kennen als ihren Leib … So soll er einmal zu einem Bauern, der an Hämorrhoiden litt, gesagt haben: »Dein Auspuff ist schadhaft.« Das Herz nannte er *Pumpe*, die Augen *Scheinwerfer* … Litt jemand an Flatulenz, sagte er, sein *Vergaser* sei schlecht eingestellt … Zu einem alten Herrn, der im Flur eines Hotels in Meggenhofen zusammengebrochen war, sagte er: »Wir müssen hier weg, wir liegen im Halteverbot.« Auch die Ausdrücke *Chassis*, *Fahrgestell* oder *Unterbau* und *Achsschenkel* hatte er in seinem Repertoire. Nicht auszudenken, wie er sich bei venerischen Leiden ausgedrückt haben mag, wo doch die Wortfelder *Verkehr* und *Geschlechtsverkehr* so nahe beisammenliegen … Gerade jetzt (2023) sendet der ORF täglich vor den Nachrichten in einem Werbeblock eine Sequenz, in der ein besorgter »mittelalterlicher« Mann zu seinem Freund sagt: »Der Zug fährt nicht mehr in den Tunnel. Mein Motor springt nicht mehr an«, worauf dieser zurückfragt: »Wie, deine Rakete hebt nicht mehr ab?« Da hilft das homöopathische Potenzmittel Neradin … Zu allem Überfluss sieht man in dieser heftig umstrittenen Werbung zum Schluss auch eine Frau, die Richtung Ehebett oder »Beilager« geht und sagt: »So macht es wieder Spaß mit ihm …« Es? Wilhelm Maria Hubert Havers (1879–1961), ein deutscher Linguist, hat ein profundes Buch über sprachliche Tabus geschrieben. Es trägt den bescheidenen Titel »Neuere Literatur zum Sprachtabu«, und gerade auch die harmlos aussehenden Pronomina und Artikel (der, die, das, er, sie, es) spielen darin eine große Rolle. Sogenannte Deixis, »Zeigewörter«, die auf Arkanes, Verborgenes oder Obszönes hinweisen …

Gern und oft wurde, wenn es um die angebliche Gelassenheit und den Humor der Wiener angesichts des Todes geht, Ferdinand Raimunds »Hobellied« aus dem Volksstück »Der Verschwender« zitiert und bei allen möglichen Veranstaltungen, besonders gern aber bei Pensionisten in Altersheimen vorgesungen … Die Musik stammt von Conradin Kreutzer, einem Komponisten und Vertreter der Musik des Biedermeier, und es heißt, dass er erst durch die »Intervention« des Librettisten, also Raimunds, seine ursprünglich etwas kompliziertere Musik zum leicht singbaren Couplet zurechtgemacht, »zurechtgezimmert«, »glattgehobelt« habe. »Zeigt sich der Tod einst mit Verlaub,/ Und zupft mich ›Brüderl kumm‹/ dann stell' ich mich am Anfang taub/ und schau mich gar nicht um./ Doch sagt er: ›Lieber Valentin,/ mach' keine Umständ, geh!‹/ da leg' ich meinen Hobel hin/ und sag' der Welt ade.« Der Verfasser dieses Liedes selbst hat aber seinen Hobel, seine Feder, nicht gelassen hingelegt, sondern in Pottenstein, wo er von einem Hund gebissen wurde, aus Angst vor der Tollwut zum Revolver gegriffen.

Eine Redewendung im Wienerischen für »sterben« ist »die Patschen strecken, die Patschen aufstellen«. Etymologisch gesehen handelt es sich bei *Patschen* laut Maria Hornung um ein »Schallwort aus der Interjektion *patsch* wegen des schlurfenden Ganges«. Wenn es um das Auto oder Motorrad, auch Fahrrad geht, ist der *Patschen* ein »Luftreifendefekt«, »da der Reifen zusammensackt wie ein weicher ausgetretener Hausschuh« (Hornung). Wer Euphemismen für »sterben« in Wikipedia sucht. findet seitenweise zum Teil erstaunliche Beispiele. Vielleicht ist *euphemistisch* hier auch ein schiefes Fachwort, weil ein Euphemismus »verharmlosen« soll (*Leichnam* statt *Kadaver*), während die umgangssprachlichen und mundartlichen metonymischen Umschreibungen ja oft gerade im Gegenteil drastisch und schonungslos sind. »Verhüllend« und schonungsvoll ist »das Zeitliche segnen«, sicher aber nicht »ins Gras beißen«, »die Erdäpfel von unten betrachten«… »Den Weg des Irdischen gehen« ist humaner als »den Löffel abgeben«. Einige Euphemismen sind auch der sognannten »exeuphemistischen Tendenz«, von der ich das erste Mal in den Vorlesungen des Sprachpsychologen Friedrich Kainz in meiner Wiener Studienzeit gehört habe, sozusagen zum Opfer gefallen… Mit der Zeit lässt die beschönigende, verhüllende, verharmlosende Wirkung nach und das euphemistische Wort wird hart und schonungslos direkt. *Leichnam* ist dafür das instruktive Schulbeispiel. Rückblickend müsste man das Wort als »Leibesgestalt« übersetzen.

Ein ganz besonders freundliches und erfreuliches Wort oder Wortspiel für den unerfreulichen Sachverhalt des *moriri* war »über den Jordan gehen«, weil damit ja ursprünglich die Rückkehr der Juden nach dem Exil ins gelobte Land Palästina gemeint und angesprochen war. Aufs *Ableben* hin umgemünzt hat es »in das Himmelreich eingehen« bedeutet, also »sterben«… Der Jordan ist in vieler Hinsicht bei Juden, Christen und Moslems ein ganz besonderer Fluss. Etymologisch gesehen bedeutet *Jordan* so viel wie »der herabsteigende Fluss«. Er ist ungefähr 200 Kilometer lang und erreicht eine »Geodepression« von über 400 Metern unter dem Meeresspiegel… Und er ist mehr als mystisch! Wenn man allein an den neutestamentlichen Bericht von der Taufe Jesu durch Johannes den Täufer (Matthäus 3, 13–17, Markus 1, 9–11) denkt! Als Grenzfluss (Ost- und Westjordanland und Jordanien) ist er heute auch politisch zwischen Israel und den arabischen Anrainerstaaten »umstritten«, sein Wasser in gewisser Weise sakrosankt und unantastbar… Wer darf es entnehmen, nützen und benützen? »Über den Jordan gehen!«… Ulrich Plenzdorf lässt in »Die neuen Leiden des jungen W.« den Helden Edgar Wibeau sagen: »Dass ich dabei über den Jordan ging, ist echter Mist. Aber wenn das einen tröstet: Ich hab nicht viel gemerkt. 380 Volt sind kein Scherz, Leute. Es ging ganz schnell. Ansonsten ist Bedauern jenseits des Jordan nicht üblich. Wir alle hier wissen, was uns blüht. Dass wir aufhören zu existieren, wenn ihr aufhört an uns zu denken.« Eine der sonderbarsten Varianten von »Über den Jordan gehen« wiederum ist die in Wikipedia mitgeteilte Formulierung »über die Wupper gehen«. Die Wupper statt Jordan und Styx… *Wupper* ist auch lautmalend und klingt an *schwupp*, auch *schwuppdiwupp* an, das so viel wie »plötzlich« bedeutet. Schnell kommt der Tod und er vergisst und verschont keinen… Der plötzliche Tod, der einen Menschen unvermutet und »unversehen«, unvorbereitet, also ohne kirchlichen »Beistand«, ereilt, die *mors repentina*, wie die Theologen sagten, galt als großes Unglück. Heute hört man freilich öfter von Menschen, die sich eine solche *mors repentina* wünschen und sich nicht vor ihr, sondern vor jahrelangem Siechtum und Warten auf den Tod fürchten. Die »Todesfurcht« oder »Todesangst« sind größer als Gottesfurcht und Gottvertrauen … Freilich gibt es auch die »Todessehnsucht« … Seit die Vaterunser-Bitte »Führe uns nicht in Versuchung« zur Diskussion steht und geändert werden soll, hat sich wohl (hoffentlich) auch die Vorstellung verflüchtigt, dass den Menschen sozusagen boshafterweise im ungünstigsten und peinlichsten Augenblick der Schlag treffen könnte, wie jenen deutschen Ordinarius, den man tot aus dem Studentinnenheim bergen musste … Ein ähnliches Schicksal hat auch einen österreichischen Sportjournalisten ereilt. Johannes Mario Simmel, den Autor vieler erfolgreicher, anspruchsloser Romane, habe ich in einem Interview sagen gehört, er wünsche sich einen »orgiastischen«, zeitgleichen Tod bei einem Orgasmus, also auf dem »Höhepunkt«, der »Klimax« … *A morte repentina erue me*? »Vorm plötzlichen Tode bewahre mich!« Auch der gute Brauch, nach einem (christlichen) Begräbnis am offenen Grab noch ein Vaterunser für jenen oder jene zu beten, der oder die als Nächster oder Nächste »heimgerufen« wird, ist schon aus der Mode gekommen …

Im zu Ende gehenden Jahr 2022 sind kurz hintereinander vier unserer Maturakollegen des Jahres 1957 des Welser Bundesrealgymnasiums in der Schauer-

Straße – von den Schülern wegen eines Zubaus in Sichtbeton gern »Betoneum« genannt – verstorben, alle Jahrgang 1938, also mein Geburtsjahrgang … Bis zu diesem Zeitpunkt war nur einer von uns 24 Schülern eines natürlichen Todes gestorben, drei von uns allerdings leider jung freiwillig aus dem Leben *geschieden.* Jetzt leben also von den anfangs 24 Schülern oder »Studenten«, wie wir uns als Gymnasiasten schon gern nannten, nur noch 16 … So beginnt das Herunterzählen wie im Lied von den »10 kleinen Negerlein« oder »Indians« in Amerika … Sogenannte Maturatreffen, wie wir sie im zweijährigen Rhythmus bisher abgehalten haben, werden wohl bald nicht nur spärlicher werden, sondern zu Totengedenkveranstaltungen, wenn sich überhaupt noch einer findet, der sich die Mühe macht, einen Termin und einen Ort für eine Zusammenkunft zu organisieren, der für die alten Herren und ihre Gattinnen leicht, vielleicht auch mit dem Rollator oder im Rollstuhl, zu erreichen ist … Denn die Sterbefälle werden sich wohl in einer »arithmetischen Reihe«, worüber wir seinerzeit vom Mathematiklehrer Karl Balak unterrichtet wurden, steigern und häufen – oder »zunehmen« und alsbald zur Null tendieren … Wenn jährlich wie heuer vier Mitschüler sterben, dann ist spätestens in fünf Jahren die Talsohle und die Endstation erreicht, das Ende der Nachspielzeit … Die ewige Ruhe der Ruheständler … »Der Rest ist Schweigen« sind Hamlets »letzte Worte« bei William Shakespeare … Dann ist ein Maturatreffen zum Schluss allenfalls etwas Ähnliches wie der »Einmannstammtisch« des Tiroler Kabarettisten Otto Grünmandl … Einer wird der Letzte sein, der wird die Tür schließen, dann ist die Klasse des Klassenvorstandes Karl Wolf Geschichte … Dann wird der »Abituriententag«, wie Franz Werfel in seinem Roman ein dramatisches Klassentreffen mit dem binnendeutschen Ausdruck *Abitur* für österreichisch *Matura* beschrieben hat, zum *dies irae dies illa*, zum »Tag des Zornes, Tag der Zähren, wirst die Welt in Asche kehren« …

Der erwähnte Professor Karl Wolf, unser Klassenvorstand am Welser Bundesrealgymnasium, hat bei einem unserer ersten oder überhaupt unserem ersten Maturatreffen 1962, fünf Jahre nach der Matura, mit uns eine Lateinstunde nachgespielt. Dazu hat er einen hektographierten Text aus der »Vita Sancti Severini« von Eugippius vom Beginn des 6. Jahrhunderts in Vulgär- oder Spätlatein mitgebracht und ausgeteilt. In Erinnerung ist mir, dass in dem Text das Wort *dies* vorkam und dass Wolf in gespielter Strenge nach dem *genus*, dem Geschlecht des Wortes, fragte und dass ich mich wie ein kindisch-eifriger Musterschüler mit der Antwort »Maskulinum« mit dem Zusatz »manchmal auch als Femininum in der Bedeutung ›Termin‹« schnell und laut hervortat, was der »Praeceptor« Wolf mit einem *bene* nicht unironisch bestätigte und lobte … Bei dieser »Jubiläumsaufgabe« handelte es sich meiner Erinnerung nach um das Schlusskapitel des »Commemoratoriums«, der Gedenkschrift des Eugippius vom Leben und Sterben des heiligen Severin: *Sexto itaque iduum Ianuarium die in hoc versiculo nostris vix respondentibus quievit in domino* … »Am 8. Jänner verschied er bei diesem Vers, auf den unsere Mönche nur mit Mühe antworteten, im Herrn.«) Der Vers aber, den Severin sterbend vorsang, lautete: »Laudate dominum in sanctis eius … omnis spiritus laudet dominum.« (Lobet den Herrn in seinen Heiligtümern … Alles, was Atem hat, lobe den Herrn.) Severin ging der Atem aus, seine Mönche weinten und konnten vor Schluchzen kaum beten oder singen … »Letzte Worte«, die Heilige oder Große der Geistesgeschichte gesagt haben oder auch gesagt haben sollen, die ihnen also zugeschrieben oder gar »in den Mund gelegt« und angedichtet wurden, beschäftigten von jeher Biographen und Historiker. Um sie gibt es einen Kult wie um ihre Totenmasken … Bernhard nun schreibt, Goethe habe nicht »Mehr Licht« gesagt, wie immer behauptet wird, sondern »Mehr nicht«! Und hat so pessimistisch und nihilistisch alle Sinnbehauptungen *negiert* … Keine An-, sondern eine radikale Absage … Ich bin der Letzte, der Bernhard für diese Frivolität rügen dürfte. Ich habe mich in einem Text unter dem Titel »Letzte Worte« selbst einmal leichtsinnig in seinem Sinne vernehmen lassen. »Goethe *stirbt* bei Bernhard nicht einfach, er *schtirbt*, und zwar vermutlich deshalb, weil das Wort *sterben* zu klein ist für einen so großen Geist.« Erfüllt sich so vielleicht der Wunsch Rainer Maria Rilkes: »O Herr, gib jedem seinen eignen Tod, das Sterben, das aus jenem Leben geht, darin er Liebe hatte, Sinn und Not!«

Am 4. Jänner 1960 starb der Schriftsteller, Philosoph und Nobelpreisträger Albert Camus bei einem Autounfall im Alter von nur 46 Jahren auf der Fahrt nach Paris nahe Villeblevin. Er war eher widerwillig in das Auto des Neffen seines Verlegers, seines besten

Freundes Michel Gallimard, gestiegen, einen Facel Vega Excellence, eine »übermotorisierte« Luxuslimousine der Oberklasse mit 355 PS… Wenn Weltberühmte ein solches Ende finden, dann kann, ja muss es alsbald zu Mutmaßungen und zum Verdacht auf Mord und Komplott kommen. Im Falle von Camus' Tod gibt es das Gerücht, dass der KGB seine Hand »im Spiel«, das heißt am defekten, geplatzten Hinterreifen hatte… Camus war als Kritiker des Kommunismus, konkret an Außenminister Dmitri Schepilow, selbst in die Kritik und ins Visier des KGB geraten. Im Nachhinein lässt sich der Wahrheitsgehalt ähnlicher Vermutungen kaum mehr überprüfen. Mehrere dubiose, aber auch erwiesene, ähnlich gelagerte Fälle von Sabotage und Attentaten lassen freilich eine bekannte Handschrift erkennen… Camus selbst hat in seinem Theaterstück »Die Gerechten« ein Beispiel für ein Komplott und einen politischen Kriminalfall beschrieben: Eine Bande von konspirativen Sozialrevolutionären wartet in einem Haus an der Route, die der Konvoi des Großfürsten nehmen soll, auf die Detonation, die aber ausbleibt, weil Kaliajew, der die Bombe werfen soll, angesichts der Tatsache, dass in der Kalesche unvorhergesehenerweise zwei Kinder und die Großfürstin sitzen, die Nerven verliert und »versagt«. »Schaut mich an, Brüder… Ich bin kein Feigling, ich habe mich nicht gedrückt. Aber auf die Kinder war ich nicht gefasst.« Er hat in der Gruppe der Revolutionäre, der auch eine Frau Dora angehört, den Spitznamen »Dichter«, weil er gern Lyrik rezitiert, sozusagen ein Schöngeist, ein Gutmensch, ein Humanist bei den Inhumanen…

Die Liste der bei Autounfällen umgekommenen prominenten Schauspieler, Sänger, Schriftsteller, Politiker ist lang. Ein bei oder nach einem Unfall verstorbener Schriftsteller, den ich kannte und vor allem als Jugendlicher gerne las und über den ich, nach einem Besuch bei ihm im Jahr 1972 in Wagrain, im »Salzburger Jahr« – einem Almanach des Residenz Verlags – geschrieben habe, war Karl Heinrich Waggerl, der erfolgreichste und meistgelesene Autor der Nachkriegszeit in Österreich. Er starb am 4. November 1973 nach einem Autounfall. Verursacht hat jenen Autounfall bei Altenmarkt im Land Salzburg, dem er zum Opfer fiel, Edith »Dita« Waggerl, seine 1897 geborene Frau, als immerhin 76-jährige Lenkerin. Sie selbst hat den Unfall nur leicht verletzt überlebt und starb eines natürlichen Todes 1990. Nun ruht sie wie ihr Mann auf dem Wagrainer Friedhof, wie bekanntlich auch Joseph Franz Mohr, der Schöpfer des populärsten Weihnachtsliedes »Stille Nacht«. Nach Waggerls Tod wurde über die Fahrtauglichkeit alter Menschen nicht nur an Stammtischen heftig diskutiert… Wie alt darf ein Fahrer, eine Fahrerin sein? Soll es generell ein Limit und eine Altersbeschränkung geben? Kann es natürlich nicht! Es gibt kranke junge und gesunde alte oder ältere Menschen. Und statistisch gesehen verursachen mehr Führerscheinneulinge als Langzeitfahrer Crashs. Ein Führerschein ist gewissermaßen eine Lizenz, ein Zeichen von Freiheit und Selbstbestimmung. Vielleicht ähnlich wie ein Waffenschein? Eben, sagen Kritiker, und verweisen gern auf die amerikanischen Verhältnisse beim Waffengebrauch und die Ideologie der *National Rifle Association* … Eine Lizenz zum Töten?

Ich erinnere mich an eine Schulfeier am Gymnasium in Wels im Jahr 1955 nach der Unterzeichnung des Staatsvertrags, wo nach schmetternden Fanfaren ein ausgesuchter Septimaner, Gerhard Neubauer (mit dem ich übrigens meine von mir gern zitierte Fahrradtour nach Rom unternommen habe), das Motto in den Saal rief: »Wer ist ein freier Mann? Der, dem nur eigener Wille und keines Zwingherrn Grille Gesetze geben kann. Der ist ein freier Mann.« Ein Zitat nach Gottlieb Konrad Pfeffel, einem sonst wohl wenig bekannten oder weitgehend vergessenen elsässischen Dichter aus dem 18. Jahrhundert. Frage: Wo bleiben die Frauen? KKK … Kinder Küche Kirche? Noch gibt es Länder wie Saudi-Arabien oder den Iran, in denen Frauen das Lenken eines Autos verboten ist oder zumindest bis vor kurzem war … Wenn stimmt, was man in Wikipedia lesen kann, dann war die erste Frau, die die Führerscheinprüfung ablegte, die Hilfsarbeiterin Rosa Röschl im Jahr 1916, also mitten im Ersten Weltkrieg. »1926 beschloss der österreichische Verfassungsgerichtshof, dass Frauen in der Lage und ermächtigt sind, ein Taxi zu fahren.« Politisch korrekt muss es also heute gendernd *Führerinnenschein* heißen … Was aber gerade Taxifahrerinnen, die auch nachts Dienst tun, oft erleben, wenn sie Betrunkene von Gasthäusern abholen müssen, ist nicht selten von erheblicher Prekarität … Sie sind freilich nicht verpflichtet, Trunkenbolde, die vielleicht das Taxi verstinken und beschmutzen, zu akzeptieren. Die bekommen einen Korb... Denn nicht alle männlichen Passagiere wollen rückwärts im Fond hinter einer Glaswand, sofern überhaupt vorhanden, Platz nehmen und still sitzen ... »Ich bin ein stiller Zecher und sing die ganze Nacht, weil mi ein voller Becher in Stimmung hat gebracht ...« Gerade steht auch in der Zeitung, dass immer mehr Frauen nach A und B auch den Führerschein der Klasse F, also für Traktoren und Lastfahrzeuge, erwerben ... Nicht nur Bäuerinnen. Die Emanzipation schreitet auch auf dem Land voran!

»Typisch Frau!« ist ein bekanntes, dummes Vorurteil gegen »Frauen am Steuer«. In Wahrheit sind Frauen, statistisch erhärtet, die sichereren, weil defensiveren Personen am Steuer. Und oft heißt es bei Abendgesellschaften: Der Mann trinkt und die Frau fährt ... Sie bringt den betrunkenen Göttergatten nach Hause, wenn er nicht mehr fahren, sondern nur noch mitfahren kann ... 1961 wurde die 0,8-Promille-Grenze für Autofahrer eingeführt, also vor 60 Jahren, seit 1998 wurde sie auf 0,5 gesenkt. Sie gilt eigentlich für alle Verkehrsteilnehmer, auch für Radfahrer. Erlaubt ist somit allenfalls ein kleines Bier oder ein »Pfiff« bei entsprechender »Unterlage« ... In Krenglbach bei Wels geht die Mär von einem Bauern, einem lustigen Zecher, der mit seinem Opel gern ein Wirtshaus außerhalb der Gemarkung besuchte und dort kräftig dem Biere zusprach, sodass ihn, den Spiegeltrinker, einmal ein wohlmeinender Freund fragte: Sag, Ferdinand, kommst du denn überhaupt manchmal auf die Nullkommaacht herunter?!

Immer wieder ist von sogenannten *Nahtoderfahrungen* die Rede. »Verstorbene«, die »so viel wie tot« waren, aber wieder »erwacht«, »zurückgekehrt« oder »am Leben geblieben« sind, schilderten ihre »Erfahrungen«, was sie »erlebt« hatten, sozusagen im »Jenseits«... Oft ist in diesen Mitteilungen von einem »milden Licht« und einer Landschaft die Rede, die man mit dem poetologischen Fachwort »Locus amoenus« bezeichnen würde. Die Theologie spricht oder sprach von *Paradies* ... »Noch heute wirst du mit mir im Paradiese sein«, sagt Christus am Kreuz zum rechten Schächer, der Reue zeigt.

Eine wahrlich merk-würdige Nahtoderfahrung, oder eine Andeutung einer solchen, hat Paul Celan in ein »Gedicht«, ein kryptisches Artefakt, gefasst. Albrecht Schöne, der greise und wahrhaft weise Philologe, hat dieses Gedicht Celans am Schluss seiner »Erinnerungen«, seiner für die Nachkommen aufgeschriebenen Autobiographie, zitiert und gedeutet. Das Gedicht Celans besteht nur aus drei Zeilen, eigentlich zwei und einer mittleren Leerzeile. Diese mittlere Leerzeile lässt mich an das »konkrete« Gedicht »Schweigen« von Eugen Gomringer denken, wo eine Leerstelle im »visuellen Gedicht« innerhalb des stereotyp wiederkehrenden Wortes SCHWEIGEN tatsächlich schweigt; die Rede bleibt aus, man könnte auch sagen, dass das Schweigen »erfüllt« oder »verwirklicht« wird, die Rede verstummt, das Sagen »versagt«... Der Rest ist Schweigen...

Schweigen	Schweigen	Schweigen
Schweigen		Schweigen
Schweigen	Schweigen	Schweigen

Bei Celan nun steht:

Wirf auch die Abendtür zu, Rabbi
....
Reiß die Morgentür auf, Ra--

Über die letzte, die dritte Verszeile schreibt Schöne: »Nur zwei Striche noch stehen hinter diesem Ra--. Der erste bezeichnet gewiss, was der Sprechende da sagen wollte: Rabbi. Eben als Auslassungsstrich ist das ein Bestätigungs- und Erfüllungszeichen. Denn dass es dem Sprechenden jetzt die Sprache verschlägt, zeigt offenbar an, dass augenblicklich geschehen sei, was er da erbeten hat. Und dieser Verstummungsstrich besagt, dass mit der Öffnung der Morgentür etwas eintritt, was nicht mehr vermittelbar ist.«

Kein Auge hat je gesehen und kein Ohr je gehört, was ER denen bereitet hat, die IHN lieben? Und Schöne erinnert an das 13. Kapitel des 1. Korintherbriefes des Apostels Paulus, wo es heißt, dass die Weissagungen aufhören werden und das Zungenreden aufhören wird.

Alois Brandstetter **Lebenszeichen**

Alois Brandstetter
Lebenszeichen
256 Seiten, 3. Auflage
ISBN 978 3 7017 1702 6

Alois Brandstetter besticht mit seiner demütigen, religiös grundierten Einsicht in die Grenzen des Menschen. (…) Ein sanfter Konservativer, ein großer Stilist, ein humorbegabter, humanistisch gebildeter Menschenfreund. Hören wir ihm zu.

Christian Schacherreiter, Wiener Zeitung

Eine maßvolle, gelöste Heiterkeit schwebt über Brandstetters Alterstexten, eine sanfte, menschenfreundliche Ironie, die stilistische Eleganz mit, fast möchte man sagen: montaignescher Gelassenheit verbindet. Leben und leben lassen, so lautet, scheint's, das philosophische Credo des Autors. (…) Alois Brandstetter hat mit seinem aktuellen Buch ein kräftiges „Lebenszeichen" von sich gegeben.

Günter Kaindlstorfer, Ö1 EX LIBRIS

Meister des Worts, Humanist, Menschenfreund und (einer) der ganz großen österreichischen Schreibenden des 20. und 21. Jahrhunderts (…).

Hans-Jürgen Schrader, Laudatio Franz-Theodor-Csokor-Preis des österreichischen P.E.N.-Zentrums